汪曾祺经典

耳目所接皆是水

汪曾祺 著

主编 陈其昌
顾问 汪朗

译林出版社

摄于一九四六年

前言

一九九八年五月十八日，在鲁迅纪念馆，由北京市作协和高邮市人民政府联合主办的座谈会上，现任中国文联主席和中国作协主席铁凝为高邮市汪曾祺文学馆题写了“永远怀念汪曾祺老”。

铁凝主席称：“他像一股清风刮过当时的中国文坛，在浩如烟海的短篇小说里，他那些初读似水、再读似酒的名篇，无可争辩地占据着独特隽永、光彩常在的位置。能够靠纯粹文学本身而获得无数读者长久怀念的作家是幸福的。”

他就是他自己，一个从容的“东张西望着，走在自己的路上的可爱的老头。这个老头，安然迎送着每一段或寂寞或热闹的时光，用自己诚实而温馨的文字，用那些平凡而充满灵性的故事，抚慰着常常焦躁不安的世界”。我们认为，铁凝主席的题词和讲话，浓缩了汪老的为人为文的特点和内涵，以及在当代文坛不可替代的位置。

作为汪曾祺研究会会长，陆建华是长期研究汪曾祺的一个标杆。他概括过汪老的文学成就，大意是汪老把中断多年的现代抒情小说这条文学史线索又联系起来，且有自己的追求；汪老的作品显示了旺盛的生命力，继承与发扬民族文化传统对丰富与发展中国当代文学具有重大的现实意义；汪老梦萦故乡的作品以平民的视角写下了脍炙人口的名篇，一直受到广大读者的好评，其“身后文”受到持久不衰的欢迎，这在文学界是少见的。

被评为“扬州五十位文化名人”的朱延庆，说汪老作品中的人和事都有水气，平静如水，流动如水，明澈如水，变化如水，然而有涟漪，甚至波涛。水本无色，而色最丰；水本无形，而形最多。汪老的作品展现了平淡、自然、温和、隽永、五彩缤纷、无穷无尽的世界。我以为，朱公的评述中肯得体，是与汪老自述的“我的家乡是一个水乡，我是在水边长大的。耳目之所接，无非是水。水影响了我的性格，也影响了我作品的风格”一脉相承的，什么高雅、狷介、域外的清风，都与水的变化无常息息相关。正因如此，汪老的作品根植于中华民族优秀文化传统的厚土，又展示了二十世纪现当代百姓的生活画卷。

又如著名文学评论家王干所评：“汪曾祺的文字如秋月当空，明净如水，一尘不染，读罢，心灵如洗。”

在汪老百年诞辰之际，我们愿意跻身如林书海，推出“汪曾祺经典”丛书，既表达我们一“汪”情深，又旨在“传薪光潜德，瞩望在后生”，让汪味的作品得以广泛流传，任人选读，赏心悦目。我们愿以纪念汪老逝世二十周年的祭文作结。

汪公曾祺，星斗其文。爱国爱乡，赤子其人。

文学大家，学贯古今。才华盖世，四海清芬。
大师教诲，刻骨铭心。拜师从文，于师不逊。
佳作精品，妙手绘春。《受戒》传播，天籁之声。
书画诗文，草木有魂。塑造形象，入木三分。
人性为本，真情传神。有益世道，一往情深。
教化人心，隽永天真。乐为人间，频送小温。
瞩望后生，辛勤耕耘。兀兀穷年，久久滋润。
曾祺辞世，佳话遗痕。祭奠汪公，泪不能禁。
魂萦梦绕，不忘汪恩。桑梓乡亲，永远前进。

陈其昌

二〇一九年十二月六日

目录

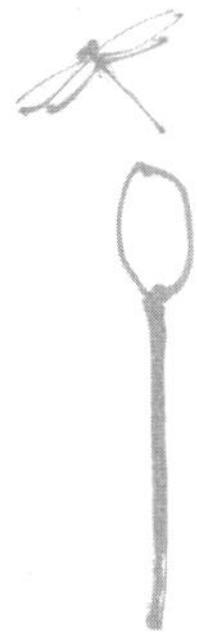

为高邮市政协礼堂写六尺宣纸大字

万家井灶，十里垂杨。

有耆旧菁英，促膝华堂。

茗碗谈笑间，

看政通人和，物阜民康。

一九九一年十月

汪曾祺

注释

原载《雨花》一九九二年第二期。

钓

晓春，静静的日午。

为怕携归无端的烦忧（梦乡的可怜的土产），不敢去寻访枕上的湖山。

一个黑点，划成一道弧线，投向纸窗，“嗡”，是一只失路的蜜蜂。也许正惓怀于一枝尚未萎落的残蕊，匆忙的小小的身躯撞去。习于播散温存的触须已经损折了，仍不肯终止这痴愚的试验，一次，两次……“可怜虫亦可以休矣！”不耐烦替它计较了。

做些什么呢?

打开旧卷，一片虞美人的轻瓣静睡在书页上。旧日的娇红已成了凝血的暗紫，边沿更镌了一圈恹恹的深黑。不想打开锈锢的记忆的键，掘出葬了的断梦，遂又悄然掩起。

烟卷一分分地短了，珍惜地吐出最后一圈，掷了残蒂，一星红火，在灰烬里挣脱最后的呼吸。打开烟盒，已经空了，不禁怅然。

提起瓷壶，斟了半天，还不见壶嘴吐出一滴，哦，还是昨晚冲的，嚼着被开水蚀去绿色的竹心，犹余清芬；后园的竹子当抽了新篁，正好没渔竿，钓鱼去吧，别在寂寞里凝成了化石。

小时候，跟母亲纠缠了半天，以撒娇的一吻换来一根绣花的小针，就灯火弯成钩子，到姐姐的匣内抽出一根黑丝线，结系停当，捉几只蜻蝇；怀着不让人知道的喜悦，去做一次试验。学着别人的样，耐心地守候着水面“浮子”（那也是请教许多先辈才晓用蒜茎做的最好）。起竿时不是太急，惊走了；便是太慢，白丢了一只蝇矢。经过了许多次的失望，终于钓得一尾鲢鱼，看它在钩上闪着银光，掀动鲜红的鳃，像发现了一件奇迹，慌乱地连手带脚地捉住，用柳枝穿了，忘了祖父的斥骂，一路叫着跳回去。

而今想来，分外亲切，不由得不跃跃欲试了。

昨晚一定下过牛毛雨，看绵软的土径上，清晰地画出一个个脚印，一个守着油灯的盼待，拉快了这些脚步，脚掌的部分那么深，而脚跟的部分却如此轻浅，而且两个脚印的距离很长，想见归家时的急切了。你可没有要紧事，不必追迹这些脚印，尽管慢点儿。

在往日，便是这样冷僻的小村，亦常有古旧的声音来造访的。如今，没有碎布烂铁换糖的唤卖，卖通草花的货郎的小鼓，走方郎中跟跄的串铃，即便本村的瞎先生，也暂时收起算命小锣的铛铛，没有一个辛苦的命运来叩问了，正是农忙的时候呀！

转过一架铺着带绿的柳条的小桥，有一棵老树，我只能叫它老树，因为它的虬干曾做过我儿时的骏马，它照料着我长大，乡下的人替它起的名字，多是字典辞源上查不到的。顽皮的河水舔去覆土，露出隐秘的年青的一段，那羞涩的粉红的根须，真如一个蒲团，不妨坐下。

也得像个样儿理了钓丝，安上饵，轻轻地抛向水面。本不是为着鱼而来的，何必关心"浮子"的深浅。

河不宽，只消篙子一点，便可渡到彼岸了，但水这么蓝，蓝得有些神秘，你明白来往的船只为什么不用篙子了吧！关于这河，乡下人还会告诉你一个神奇的故事，深恐你不相信，他们会急红了脸说：县里的志书上还载着。

也不知是姓什么的做皇帝的时候，——除了村馆里的先生，这村里的人都是只知道"民国"与"前清"的，顶多还晓得朱洪武是个放牛的野孩子，则"不知有汉，何论魏晋"何足为怪。这儿出了个画画的，一点不说谎，他画的玩意儿就跟真的一般，画个麻雀就会叫，画个乌龟就能爬，画个人，管少不了脸上一粒麻子。天下事都是这样，聪明人不会长寿的，他活不上三十岁，就让天老爷给收去了，临死的时候，跟他的新娶的媳妇说："我一不耕田，二不种地，死后留给你的只有绵绵的相思……"取张素绢，画了几笔，密密卷好，叫她到城里交给他的师傅，送到京城的相爷家去，说相爷的老太太做寿，寿宴上什么东西都有了，但是还缺少一样东西，心里很不快活，因此害了症候，若能如期送到，准可领到重赏，并且关照她千万不要拆开来看，他咽了最后的一口气，媳妇便上城去了。她心里想到底是个什么呢？耐不住拆开望望，一看是一片浓墨，当中有一块白的，以为丈夫骗了她，便坐在田岸上哀哀地哭起来。一阵大风，把这卷儿吹到河里去了，我的天，原来是一轮月亮啊！从此这月亮便不分日夜地在深蓝的水里放着凄冷的银光。

你好意思追问现在为什么没有了？看前面那块石碑，三个斑驳的朱字“晓月津”，一个多么诗意的名儿。

“山外青山楼外楼，

我郎住在家后头，

……”

夹着槐花的香气，飘来清亮的山歌，想起什么浪漫的佳话了？看水面上泛起一个微笑。她们都有永不凋谢的天真，一条压倒同伴们的嗓子的骄傲，常常在疲乏的梦里安排下笑的花蕾的。

一片叶子，落到钓竿上来，一翻身，跌到水面上，被微风推出了视野。还是一样的碧绿，闪耀着青春的光辉。你说，便这样无声地殒折，不比抖索着枯黄的灵魂，对残酷的西风作无望的泣求强些？且不浪费这些推求，你看这叶片绿得多么可人，若能以此为舟，游家泛宅，浪迹江湖，比庄子那个大葫芦如何？

远林漏出落照的红，像藏在卷发里的被吻后的樱唇，丝丝炊烟在招手唤我回去了。咦，怎么钓竿上竟栖歇了一只蜻蜓，好吧，我把这枝绿竹插在土里承载你的年青的梦吧。

把余下的饭粒，抛在水底，空着手走了。预料在归途中当可捡着许多诚朴的欢笑，将珍重地贮起。

我钓得些什么？难得回答，然而我的确不是一无所得啊。

注释

原载一九四〇年六月二十二日《中央日报》。

小学校的钟声

瓶花收拾起台布上细碎的影子。瓷瓶没有反光，温润而寂静，如一个人的品德。瓷瓶此刻比它抱着的水要略微凉些。窗帘因为暮色浑染，沉沉静垂。我可以开灯。开开灯，灯光下的花另是一个颜色。开灯后，灯光下的香气会不会变样子？可做的事好像都已做过了，我望望两只手，我该如何处置这个？我把它藏在头发里么？我的头发里保存有各种气味，自然它必也吸取了一点花香。我的头发，黑的和白的。每一游尘都带一点香。我洗我的头发，我洗头发时也看见这瓶花。

天黑了，我的头发是黑的，黑的头发倾泻在枕头上。我的手在我的胸上，我的呼吸振动我的手。我念了念我的名字，好像呼唤一个亲昵朋友。

小学校里的欢声和校园里的花都融解在静沉沉的夜气里。那种声音实在可见可触，可以供诸瓶儿，一簇，又一簇。我听见钟声，像一个比喻。我没有数，但我知道它的疾徐、轻重，我听出今天是西南风。这一下打在那块铸刻着校名年月的地方。校工老詹的汗把钟绳弄得容易发潮了，他换了一下手。挂钟的铁索把两棵大冬青树干拉近了点，因此我们更不明白地上的一片叶子是哪一棵上落下来的；它们的根须已经彼此要呵痒玩了吧。又一下，老詹的酒瓶没有塞好，他想他的猫已经看见他的五香牛肉了。可是又用力一下。秋千索子有点动，他知道那不是风。他笑了，两个矮矮的影子分开了。这一下敲过一定完了，钟绳如一条蛇在空中摆动，老詹偷偷地到校园里去，看看校长寝室的灯，掐了一枝花，又小心又敏捷：今天有人因为爱这枝花而被罚清除花上的蚜虫。“韵律和生命合成一体，如钟声。”我活在钟声里。钟声同时在我生命里。天黑了。今年我二十五岁。一种荒唐继续荒唐的年龄。

十九岁的生日热热闹闹地过了，可爱得像一种不成熟的文体，到处是希望。酒阑人散，厅堂里只剩余一支红烛，在银烛台上。我应当夹一夹烛花，或是吹熄它，但我什么也不做。一地明月。满宫明月梨花白，还早得很。什么早得很，十二点多了！我简直像个女孩子。我的白围巾就像个女孩子的。该睡了，明天一早还得动身。我的行李已经打好了，今天我大概睡那条大红绫子被。

一早我就上了船。

弟弟们该起来上学去了。我其实可以晚点来，跟他们一齐吃

满宫明月梨花白　一九八七年五月廿七日

早点，即使送他们到学校也不误事。我可以听见打预备钟再走。

靠着舱窗，看得见码头。堤岸上白白的，特别干净，风吹起鞭炮纸。卖饼的铺子门板上错了，从春联上看得出来。谁，大清早骑驴子过去的？脸好熟。有人来了，这个人会多给挑夫一点钱，我想。这个提琴上流过多少音乐了，今天晚上它的主人会不会试一两支短曲子。嘆，这个箱子出过国！旅馆老板应当在报纸上印一点诗，旅行人是应当读点诗的。这个，来时跟我一齐来的，他口袋里有一包胡桃糖，还认得我么？我记得我也有一大包胡桃糖，在箱子里，昨天大姑妈送的。我送一块糖到嘴里时，听见有人说话：

“好了，你回去吧，天冷，你还有第一堂课。”

“不要紧，赶得及；孩子们会等我。”

“老詹第一课还是常晚打五分钟么？”

“什么？——是的。”

岸上的一个似乎还想说什么，嘴动了动，风大，想还是留到写信时说。停了停，招招手说：

“好，我走了。”

“再见。啊呀！——”

“怎么？”

“没什么。我的手套落到你那儿了。不要紧。大概在小茶几上，插梅花时忘了戴。我有这个！”

“找到了给你寄来。”

“当然寄来，不许昧了！”

“好小气！”

岸上的笑笑，又扬扬手，当真走了。风吹下她的一绺头发来了，她已经不好意思歪歪地戴一顶绒线帽子了。谁教她就当了老师！她在这个地方待不久的，多半到暑假就该含一汪眼泪向学生告别了，结果必是老校长安慰一堆小孩子，连这个小孩子。我可以写信问弟弟："你们学校里有个女老师，脸白白的，有个酒窝，喜欢穿蓝衣服，手套是黑的，边口有灰色横纹，她是谁，叫什么名字？声音那么好听，是不是教你们唱歌？——"我能问么？不能，父亲必会知道，他会亲自到学校里看看去。年纪大的人真没有办法！

我要是送弟弟去，就会跟她们一路来。不好，老詹还认得我。跟她们一路来呢，就可以发现船上这位的手套忘了，哪有女孩子这时候不戴手套的。我会提醒她一句。就为那个颜色，那个花式，自己挑的，自己设计的，她也该戴。——"不要紧，我有这个！"什么是"这个"，手笼？大概是她到伸出手来摇摇时才发现手里有一个什么样的手笼，白的？我没看见，我什么也没看见。只缘身在此山中，我在船上。梅花，梅花开了？是朱砂还是绿萼？校园里就有两棵的。波——汽笛叫了。一个小轮船安了这么个大汽笛，岂有此理！我躺下吃我的糖。……

"老师早。"

"小朋友早。"

我们像一个个音符走进谱子里去。我多喜欢我那个棕色的书包。蜡笔上沾了些花生米皮子。小石子，半透明的，从河边捡来的。忽然摸到一块糖，早以为已经在我的嘴里甜过了呢。水泥台阶，干净得要我们想洗手去。"猫来了，猫来了。""我的马儿好，不喝水，不吃草。"下课钟一敲，大家嗓得那么野，像一簇花突然一齐开放了。第一次栖来这个园里的树上的鸟吓得不假思索地便鼓翅飞了，看看别人都不动，才又飞回来，歪着脑袋向下面端详。我六岁上幼稚园。玩具橱里有个 Joker 至今还在那儿傻傻地笑。我在一张照片里骑木马，照片在粉墙上发黄。

百货店里我一眼就看出那是我们幼稚园的老师。她把头发梳成圣玛丽的样子。她一定看见我了，看见我的校服，看见我的受过军训的特有姿势。她装作专心在一堆纱手巾上。她的脸有点红，不单是因为低头。我想过去招呼，我怎么招呼呢？到她家里拜访一次？学校寒假后要开展览会吧，我可以帮她们剪纸花，扎蝴蝶。不好，我不会去的。暑假我就要考大学了。

我走出舱门。

我想到船头看看。我要去的向我奔来了。我抱着胳臂，不然我就要张开了。我的眼睛跟船长看得一般远。但我改了主意。我走到船尾去。船头迎风，适于夏天，现在冬天还没有从我语言的惰性中失去。我看我是从哪里来的。

水面简直没有什么船。一只鸬鹚用青色的脚试量水里的太阳。岸上柳树枯干子里似乎已经预备了充分的绿。左手珠湖笼着轻雾。一条狗追着小轮船跑。船到九道湾了，那座庙的朱门深闭在逶迤的黄墙间，黄墙上面是蓝天下的苍翠的柏树。冷冷的是宝塔檐角的铃声在风里摇。

从呼吸里，从我的想象，从这些风景，我感觉我不是一个人。我觉得我不大自在，受了一点拘束。我不能吆喝那只鸬鹚，对那条狗招手，不能自作主张把那一堤烟柳移近庙旁，而把庙移在湖里的雾里。我甚至觉得我站着的姿势有点放肆，我不是太睥睨不可一世就是像不绝俯视自己的灵魂。我身后有双眼睛。这不行，我十九岁了，我得像个男人，这个局面应当由我来打破。我的胡桃糖在我手里。我转身跟人互相点点头。

“生日好。”

“好，谢谢。——”生日好！我眨了眨眼睛。似乎有点明白。这个城太小了。我拈了一块糖放进嘴里，其实胡桃皮已经麻了我的舌头。如此，我才好说。

“吃糖。”一来接糖，她就可走到栏杆边来，我们的地位得平行才行。我看到一个黑皮面的速写簿，它看来颇重，要从腋下滑下去的样子，她不该穿这么软的料子。黑的衬亮所有白的。

“画画？”

“当着人怎么动笔。”

当着人不好动笔，背着人倒好动笔？我倒真没见到把手笼在手笼里画画的，而且又是个白手笼！很可能你连笔都没有带。你事先晓得船尾上就有人？是的，船比城更小。

“再过两三个月，画画就方便了。”

“那时候我们该拼命忙毕业考试了。”

“噢呵，我是说树就都绿了。”她笑了笑，用脚尖踢踢甲板。我看见袜子上有一块油斑，一小块药水棉花凸起，虽然敷得极薄，还是看得出。好，这可会让你不自在了，这块油斑会在你感觉中大起来，棉花会凸起，凸起如一座小山！

“你弟弟在学校里大家都喜欢。你弟弟像你，她们说。”

“我弟弟像我小时候。”

她又笑了笑。女孩子总爱笑。“此地实乃世上女子笑声最清脆之一隅。”我手里的一本书里印着这句话。我也笑了笑。她不懂。

我想起背乘数表的声音。现在那几棵大银杏树该是金黄的了吧。它吸收了多少种背诵的声音。银杏树的木质是松的，松到可以透亮。我们从前的图画板就是用这种木头做的。风琴的声音属于一种过去的声音。灰尘落在教室里的皱纸饰物上。

“敲钟的还是老詹？”

“剪校门口冬青的也还是他。”

冬青细碎的花，淡绿色；小果子，深紫色。我们仿佛并肩从那条拱背的砖路上一齐走进去。夹道是平平的冬青，比我们的头高。不多久，快了吧，冬青会生出嫩红色的新枝叶，于是老詹用一把大剪子依次剪去，就像剪头发。我们并肩走进去，像两个音符。

我们都看着远远的地方，比那些树更远，比那群鸽子更远。水向后边流。

要弟弟为我拍一张照片。呵，得再等等，这两天他怎么能穿那种大翻领的海军服。学校旁边有一个铺子里挂着海军服。我去买的时候，店员心里想什么，衣服寄回去时家里想什么，他们都不懂我的意思。我买一个秘密，寄一个秘密。我坏得很。早得很，再等等，等树都绿了。现在还只是梅花开在灯下。疏影横斜于我的生日之中。早得很，早什么，嗐，明天一早你得动身，别尽弄那花，看忘了事情，落了东西！听好，第一次钟是起身钟。

“你看，那是什么？”

“乡下人接亲，花轿子。”——这个东西不认得？一团红吹吹打打地过去，像个太阳。我看着的是指着的手。修得这么尖的指甲，不会把手套戳破？我撮起嘴唇，河边芦苇嘘嘘响，我得警告她。

“你的手冷了。”

“哪有这时候接亲的。——不要紧。”

“路远，不到晌午就发轿。拣定了日子。就像人过生日，不能改的。你的手套，咳，得三天样子才能寄到。——”

她想拿一块糖，想拿又不拿了。

“用这个不方便，不好画画。”

她看了看指甲，一片月亮。

“冻疮是个讨厌东西。”讨厌得跟记忆一样。“一走多路，发热。”

她不说话，可是她不用一句话简直把所有的都说了：她把速写簿放在旁边的凳子上，把另一只手也褪出来，很不屑地把手笼放在速写簿上。手笼像一头小猫。

她用右手手指转正左手上一个石榴子的戒指，看了我一眼，这一眼的意思是：

看你还有什么说的！

我若再说，只有说：

你看，你的左手就比右手红些，因为它受暖的时间长些。你的体温从你的戒指上慢慢消失了。李长吉说“腰围白玉冷”，你的戒指一会儿就显得硬得多！

但是不成了，放下她的东西时她又稍稍占据比我后一点的地位了。我发现她的眼睛有一种跟人打赌的光，而且像丘比特一样有绝对的把握的样子。她极不恭敬地看着我的白围巾，我的围巾且是熏了一点香的。

来一阵大风，大风，大风吹得她的眼睛冻起来，哪怕也冻住我们的船。

她挪过她的眼睛，但原来在她眼睛里的立刻搬上她的嘴角。

万籁无声。

胡桃皮硝制我的舌头。

一放手，我把一包糖掉落到水里，有意甚于无意。糖衣从胡桃上解去。但胡桃里面也透了糖。胡桃本身也是甜的。胡桃皮是

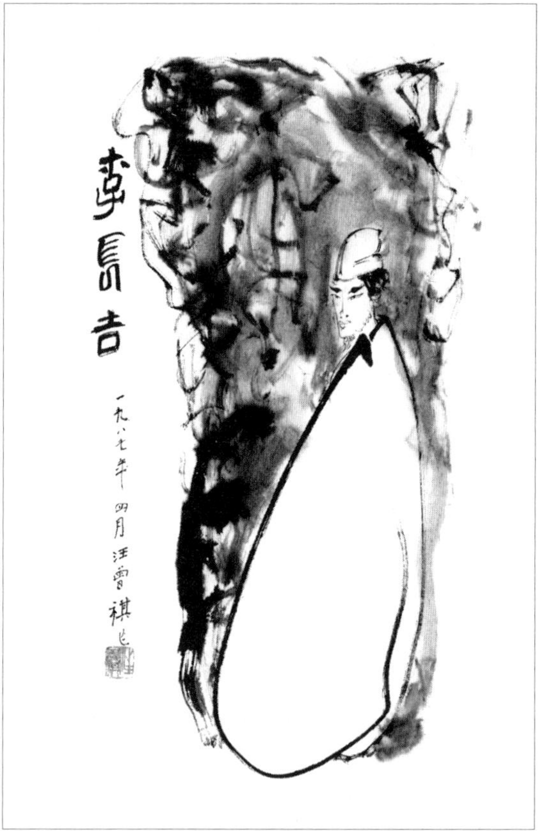

李长吉　一九八七年四月　汪曾祺作

胡桃皮。

“走吧，验票了。”她说话了，说了话，她恢复不了原来的样子了。感谢船是那么小。

“到我舱里来坐坐。我有不少橘子，这么重，才真不方便。我这是请客了。”

我的票子其实就在身上，不过我还是回去一下。我知道我是应当等一会儿才去赴约的。半个钟头，差不多了吧。当然我不能吹半点钟风，因为我已经吹了不止半点钟风。而且她一定预料我不会空了两手去，她知道我昨天过生日。（她能记得多少时候，到她自己过生日时会不会想起这一天？想到此，她会独自嫣然一笑，当她动手切生日蛋糕时。她自有她的秘密。）现在，正是时候了。

弟弟放午课回家了，为折磨皮鞋一路踢着石子。河堤西侧的阴影洗去了。弟弟的音乐老师在梅瓶前入神，鸟声灌满了校园。她拿起花瓶后面一双手套，一时还没想到下午到邮局去寄。老詹的钟声颤动了阳光，像颤动了水，声音一半扩散，一半沉淀。

“好，当然来。我早闻见橘子香了。”

差点儿我说成橘子花。唢呐声音消失了，也消失了湖上的雾，一种消失于不知不觉中，而且使人知觉于消失之后。

果然，半点钟之内，她换了袜子。一层轻绡从她的脚上褪去，和怜和爱，她看看自己的脚尖，想起雨后在洁白的浅滩上印一湾苗条的痕迹，一种难以言说的温柔。怕太娇纵了自己，她赶快穿上一双。

小桌上两个剥了的橘子。橘子旁边是那头白猫。

“好，你是来做主人了。”

放下手里的一盒点心，一个开好的罐头，我的手指接触到白色的毛，又凉又滑。

“你是哪一班的？”

“比你低两班。”

“我怎么不认识你？”

“我是插班进去的，当中还停了一年。”

她心里一定也笑，还不认识！

“你看过我弟弟？”

“昨天还在我表姐屋里玩来着。放学时逗他玩，不让他回去，急死了！”

“欺负小孩子！你表姐是不是那里毕业的？”

“她生了一场病，不然比我早四班。”

“那她一定在那个教室上过课，窗户外头是池塘，坐在窗户台上可以把钓竿伸出去钓鱼。我钓过一条大乌鱼，想起祖母说，乌鱼头上有北斗七星，赶紧又放了。”

“池塘里有个小岛，大概本来是座坟。”

“岛上可以拣野鸭蛋。”

“我没拣过。”

“你一定拣过，没有拣到！”

“你好像看见似的。要橘子，自己拿。那个和尚的石塔还好好的。你从前懂不懂刻在上头的字？”

“现在也未见得就懂。”

“你在校刊上老有文章。我喜欢塔上的莲花。”

“莲花还好好的。现在若能找到我那些大作，看看，倒非常好玩。”

“昨天我在她们那儿看到好些学生作文。”

“这个多吃点不会怎么，笋，怕什么。”

“你现在还画画么？”

“我没有速写簿子。你怎晓得我喜欢过？”

我高兴有人提起我久不从事的东西。我实在应当及早学画，我老觉得我在这方面的成就会比我将要投入的工作可靠得多。我起身取了两个橘子，却拿过那个手笼尽抚弄。橘子还是人家拿了坐到对面去剥了。我身边空了一点，因此我觉得我有理由不放下那种柔滑的感觉。

“我们在小学顶高兴野外写生。美术先生姓王，说话老是‘譬如’‘譬如’，——画来画去，大家老是画一个拥在丛树之上的庙檐；一片帆，一片远景；一个茅草屋子，黑黑的窗子，烟囱里不问早晚都在冒烟。老去的地方是东门大窑墩子，泰山庙文游台，王家亭子……”

“傅公桥，东门和西门的宝塔……”

“西门宝塔在河堤上，实在我们去得最多的地方是河堤上。老是向姓瞿的老太婆买荸荠吃。”

“就是这条河，水会流到那里。”

“你画过那个渡头，渡头左边尽是野蔷薇，香极了。”

“那个渡头……渡过去是潭家坞子。坞子里树比人还多，画眉比鸭子还多……”

“可是那些树不尽是柳树，你画的全是一条一条的。”

“……”

“那张画至今还在成绩室里。”

“不记得了，你还给人改了画，那天是全校春季远足，王老师忙不过来了，说大家可以请汪曾祺改，你改得很仔细，好些人都要你改。”

“我的那张画也还在成绩室里，也是一条一条的。表姐昨天跟我去看过。……”

我咽下一小块停留在嘴里半天的蛋糕，想不起什么话说，我的名字被人叫得如此自然。不自觉地把那个柔滑的感觉移到脸上，而且我的嘴唇也想埋在洁白的窝里。我的样子有点傻，我的年龄亮在我的眼睛里。我想一堆带露的蜜波花瓣拥在胸前。

一块橘子皮飞过来，刚好砸在我脸上，好像打中了我的眼睛。我用手掩住眼睛。我的手上感到百倍于那只猫的柔润，像一只着凉的猫，一点轻轻的抖，她的手。

波——，岂有此理，一只小小的船安这么大一个汽笛。随着人声喧沸，脚步忽乱。

“船靠岸了。”

“这是 ××，晚上才能到□□[①]。”

“你还要赶夜车？”

“大概不，我尽可以在□□耽搁几天，玩玩。”

“什么时候有兴给我画张画。——”

“我去看看，姑妈是不是来接我了，说好了的。”

“姑妈？你要上了？”

“她脾气不大好，其实很好，说叫去不能不去。”

我揉了揉眼睛，把手笼交给她，看她把速写簿子放进箱子，扣好大衣领子，知道她说的是真的。

---

① 原稿文字漫漶处，均以□代替。——编者注

“箱子我来拿，你笼着这个不方便。”

“谢谢，是真不方便。”

当然，老詹的钟又敲起来了。风很大，船晃得厉害。每个教室里有一块黑板，黑板上写许多字，字与字之间产生一种神秘的交通，钟声作为接引。我不知道我在船上还是在水上，我是怎么活下来的。有时我不免稍微有点疯，先是人家说起后来是我自己想起。钟！……

四月二十七日夜写成
二十九日改易数处，添写最后两句
一月不熬夜，居然觉得疲倦。我的疲倦引诱我
纪念我的生日，纪念几句话

注释

原载《文艺复兴》一九四六年第一卷第二期。

故乡水

这是三年前的事了。

我坐了长途汽车回我的久别的家乡去。真是久别了啊，我离乡已经四十年了。车上的人我都不认识。他们也都不认识我。他们都很年轻。他们用我所熟悉而又十分生疏了的乡音说着话。我听着乡音，不时看看窗外。窗外的景色依然有着鲜明的苏北的特点，但于我又都是陌生的。宽阔的运河、水闸、河堤上平整的公路、新盖的民房……

快到车逻了。过了车逻，再有十五里，就是我的家乡的县城了，我有点兴奋。

在车逻，我遇见一件不愉快的事。

车逻是终点前一站，下车、上车的不少，

车得停一会儿。一个脏乎乎的人夹在上车的旅客中间挤上来了。他一上车，就伸开手向人要钱：

“修福修寿！修儿子！修孙子！”

“修福修寿！修儿子！修孙子！”

他用了我所熟悉的乡音向人乞讨。这是我十分熟悉的乡音。四十年前，我的家乡的乞丐就是用这样的言辞要钱的。真想不到，今天还有这样的乞丐，并且还用了这种的言辞乞讨。我讨厌这个人，讨厌他的声音和他乞讨时的神情。他并不悲苦，只是死皮赖脸，而且有点玩世不恭。这人差不多有六十岁了，但是身体并不衰惫。他长着一张油黑色的脸，下巴翘出，像一个瓢把子。他浑身冒出泔水的气味。他的裤裆特别肥大，并且拦裆补了很大的补丁。他有小肠气，——这在我的家乡叫作“大卵泡”。

他把肮脏的右手伸向一个小青年：

“修福修寿！修儿子！修孙子！”

汪曾祺和夫人泛游高邮湖

邻座另一个小青年说：

“人家还没有结婚！”

“——修个好老婆！”

几个青年同时哄笑起来。我不知道为什么这样一句话会使得他们这样的高兴。

车上有人给他一角钱、五分钱……

上车的客人都已坐定，车要开了，他赶快下车。不料司机一关车门，车子立刻开动，并且开得很快。

“哎！哎！我下车！我下车！”

司机扁着嘴笑着，不理他。

车开出三四里，司机才减了速，开了车门，让他下去。司机存心捉弄他，要他自己走一段路。

他下了车，用手对汽车比画着，张着嘴，大概是在咒骂。他回头向车逻方向走去，一拐一拐的，样子很难看，走得却并不慢。

车上几个小青年看着他的蹒跚的背影，又一起快活地哄笑起来。

这个人留给我的印象是：丑恶；而且，无耻！

我这次回乡，除了探望亲友，给家乡的文学青年讲讲课，主要的目的是想了解了解家乡水利治理的情况。

我的家乡苦水旱之灾久矣。我的家乡的地势是四边高，当中洼，如一个水盂。城西面的运河河底高于城中的街道，站在运河堤上可以俯瞰堤下人家的屋顶。运河经常决口。五年一小决，十年一大决。民国二十年的大水灾我是亲历的。死了几万人。离我家不远的泰山庙就捞起了一万具尸体。旱起来又旱得要命。离我家不远有一条澄子河，河里能通小轮船，可到一沟、二沟、三垛，直达邻县兴化。我在《大淖记事》里写到的就是这条河。有一年大旱，澄子河里拉起了洋车！我的童年的记忆里，抹不掉水灾、旱灾的怕人景象。在外多年，见到家乡人，首先问起的也是这方面的情况。有一个在江苏省水利厅工作的我的初中同学有一次到北京开会，来看我。他告诉我，我们家乡的水治好了。因为修了江都水利枢纽，筑了洪泽湖大坝，运河的水完全由人力控制了起来，随时可以调节。水大了，可以及时排出；水不足，可以把长江水调进来——家乡人现在可以吃到长江水，水灾、旱灾一去不复返了！县境内河也都重新规划调整，还修了好多渠道，已经全面实现自流灌溉。我听了，很为惊喜。因此，县里发函邀请我回去看看，我立即欣然同意。

运河的改变我在路上已经看到了。我住的招待所离运河不远，几分钟就走上河堤了。我每天起来，沿着河堤从南门走到北门，再折回来。运河拓宽了很多。我们小时候从运河东堤坐船到西堤去玩，两篙子就到了。现在坐轮渡，得一会子。河面宽处像一条江，原来的土堤全部改为石工。堤面也很宽，堤边密密地种了两层树。在堤上走走，真是令人身心舒畅。

我翻阅了一些资料，访问了几位前后主持水利工程工作的同志，还参观了两个公社。

农村的变化比城里要大得多。这两个公社的村子我小时候都去过，现在简直一点都认不出了。田都改成了“方田”，到处渠网纵横，照当地的说法是“田成方，渠成网”，渠道都是正南正北，左东右西。渠里悠悠地流着清水，渠旁种了高大的芦竹或是杞柳。杞柳我们那里原来都叫作“笆斗柳”，是编笆斗的，大都是野生的。现在广泛种植了。我和陪同参观的同志在渠边走着，他们告诉我这条渠“一步一块钱”，是说每隔一步，渠边每年可收价值一块钱的柳条。柳条编制的柳器是出口的。我走了几个大队，没有发现一挂过去农村随处可见的龙骨水车，问：

“现在还能找到一挂水车吗？”

“没有了！这东西已经成了古董。现在是，要水一扳闸，看水穿花鞋。——穿了花鞋浇水，也不会沾一点泥。”

“应当保留一挂，放在博物馆里，让后代人看看。”

“这家伙太大了！——可以搞一个模型。”

我问起县里的自流灌溉是怎么搞起来的。

陪同的同志告诉我，要了解这个，最好找一个人谈谈。全县自流灌溉首先搞起来的，是车逻。车逻的自流灌溉是这个人搞起来的，这人姓杨。他现在调到地区工作了，不过家还没有搬，他有时回县里看看。我于是请人代约，想和他见见。

不料过了两天，一大早，这位老杨就到招待所来找我了。

下面就是老杨同志和我谈话的纪要：

“我是新四军小鬼出身，没搞过水利。

“那时我还年轻，在车逻当区长。

“车逻的粮食亩产一向在全县是最高——当然不能和现在比。现在这个县早过了‘千斤县’，一般的亩产都在一千五百斤以上，有不少地方过了‘吨粮’——亩产两千斤。那会儿，最好的田亩产五百斤，一般的一二百斤。车逻那时的亩产就可达五百斤。但是农民并不富裕，还是很穷。为什么？因为农本高。高在哪里？车水。车逻的田都是高田。那时候，别处的田淹了，车逻是好年成。平常，每年都要车水。车逻的水车特别长！别处的，二十四轧，算是大水车了。车逻的，三十二轧，三十四轧，三十六轧！有的田得用两挂三十六轧大车接起来，才能把水车上来！车水是最重的农活。到了车栽秧水的日子，各处的人都来。本地的，兴化、泰州，甚至盐城的，都来。工钱大，吃食也好。一天吃六顿，顿顿有酒有肉。农本高，高就高在这上头。一到车水，是'外头不住地敲'——车水都要敲锣鼓；'家里不住地烧'——烧吃的；'心里不住地焦'——不知道今天能不能把田里的水上满，一到太阳落山，田里有一角上不到水，这家子就哭咧，——这一年都没指望了。"

我有点不明白，为什么栽秧水必须一天之内车好，第二天接着车不行吗？但是我没有来得及问。

"'外头不住地敲，家里不住地烧，心里不住地焦'，真是一点都不错呀！"

"大工钱不是好拿的，好茶饭不是好吃的。到车水的日子，你到车逻来看看，那真叫'紧张热烈'。到处是水车，一挂一挂的长龙。锣鼓敲得震天响。看，是很好看的：车水的都脱光了衣服，除了一个裤头子，浑身一丝不挂，腿上都绑了大红布裹腿。黑亮的皮肉，大红裹腿，对比强烈，真有点'原始'的味道。都是年轻的小伙，——上岁数的干不了这个活，身体都很棒，一个赛似一个！赛着踩。几挂大车约好，看哪一班子最后下车杠。坚持不住，早下的，认输。敲着锣鼓，唱着号子。车水有车水的号子，一套一套的：'四季花''古人名'……看看这些小伙，好像很快活，其实是在拼命。有的当场就吐了血。吐了血，抬了就走，二话不说，绝不找主家的麻烦。这是规矩。还有的，踩着踩着，不好了，把个大卵子忑下来了！”

我的家乡把忽然漏下来叫 te，有音无字，恐怕连《康熙字典》里都查不到，我只好借用了这个“忑”字，在音义上还比较相近。我找不到别的字来代替它，用别的字都不能表达那种感觉。

我问他，我在车逻车站遇见的那个伸手要钱的人，是不是就是这样得下的病。

“就是的！这人原来是车水的一把好手。他丧失了劳动力，什么也干，最后混成了这个样子！——我下决心搞自流灌溉和这病有直接关系。

“那年征兵，我跟着医生一同检查应征新兵的体格，——那时的区长什么事都要管。检查结果，百分之八十不合格！——都有轻重不等的小肠气。我这个区的青年有这样多得小肠气的，我这个区长睡不着觉了！

汪曾祺的家乡是江苏北部一个不大的县，挨着大运河。他的作品充满了水色，有一种水的感觉。

“我想：车逻紧挨着运河，为什么不能用上运河水，眼瞧着让运河水白白地流掉？车逻田是高田，但是田面比运河水面低，为什么不能把运河水引过来，浇到田里？为什么要从下面的河里费那样大的劲把水车上来？把运河堤挖通，安上水泥管子，不就行了吗？

“要什么没有什么。没有经费。——我这项工程计划没有报请上级批准，我不想报。报了也不会批。我这是自作主张，私下里干的。没有经费怎么办？我开了个牛市。”

“牛市？”

“买卖耕牛。区长做买卖，谁也没听说过。没听说过，没听说过吧。我这牛市很赚钱，把牛贩子都顶了！

“有了钱，我就干起来了！我选了一个地方，筑了一圈护堤。——这一点我还知道。不筑护堤，在运河堤上挖开口子，那还得了！让河水从护堤外面走。我给运河东堤开了膛，安下管子，下了闸门，再把河堤填合，我以为这就万事大吉了。一开闸，水流过来了！水是引过来了，可是乱流一气！咳！我连要修渠都不知道！现在人家把我叫成‘水利专家’。真是天晓得！我最初是什么也不懂的。

“怎么办？我就买了书来看。只要是跟水利有关的，我都看。我那阵看的书真不少！我又请教了好几位老河工。决定修渠！

“一修渠，问题就来了。为了省工、省料，用水方便，渠道要走直线，不能曲曲弯弯的。这就要占用一些私田。——那阵还没有合作化，田还是各家各户的。渠道定了，立了标杆，画了灰线，就从这里开，管它是谁家的田！农民对我那个骂呀！我前脚走，后脚就有人跳着脚骂我的祖宗八代。骂吧，我只当没听见。

我随身都带着枪，——那阵区长都有枪，他们也不敢把我怎么样。

“有一家姓罗的，五口人。渠正好从他家的田中间穿过。罗老头子有一天带了一根麻绳来找我，——他要跟我捆在一起跳河。他这是找我拼命来了。这里有这么一种风俗，冤仇难解，就可以找仇人捆在一起跳河——同归于尽。他跟我来这一套！我才不理他。我夺过他手里的麻绳，叫民兵把他捆起来，关在区政府厢屋里。直到渠修成了，才放了他。

“修渠要木料，要板子。——这一点你这个作家大概不懂。不管它，这纯粹是技术问题。我上哪里找木料去？我想了想：有了！挖坟！我把挖出来的棺材板，能用的，都集中起来，就够用了。我可缺了大德了，挖人家的祖坟，这是最缺德的事。我这是没有办法中的办法。为了子孙，得罪祖宗，只好请多多包涵了！经我手挖的坟真不少！

“这就更不得了了！我可捅了个大马蜂窝，犯了众怒。当地人联名控告了我，说我‘挖掘私坟’。县里、地区、省里，都递了状子。地委和县委组织了调查组，认为所告属实，我这是严重违法乱纪。地委发了通报。撤了我的职。党内留党察看，——我差一点把党籍搞丢了。

“‘违法乱纪’，我确实是违法乱纪了，我承认。对于给我的处分我没有意见。

“不过，车逻的自流灌溉搞成了。

“就说这些吧。本来想请你上我家喝一盅酒，算了吧，——人言可畏。我今天下午走，回来见！”

对于这个人的功过我不能估量，对他的强迫命令的作风和挖掘私坟的做法无法论其是非。不过我想，他的所为，要是在过去会有人为之立碑以记其事的。现在不兴立碑，——“树碑立传”已经成为与本义相反用语了，不过我相信，在修县志时，在“水利”项中，他做的事会记下一笔的。县里正计划修纂新的县志。

这位老杨中等身材，面白皙，说话举止温文尔雅，像一个书生，完全不像一个办起事来那样大刀阔斧、雷厉风行的人。

我忽然好像闻到一股修车轴用的新砍的桑木的气味和涂水车龙骨用的生桐油气味。这是过去初春的时候在农村处处可以闻到的气味。

再见，水车！

注释

原载《中国》一九八五年第二期。

他乡寄意

抗日战争时期，昆明重庆流传一则谜语：航空信——打一地名。谜底是：高邮。这说明知道我的家乡的人还是不少的。但是多数人对我的家乡的所知，恐怕只限于我们那里出咸鸭蛋，而且有双黄的。我遇到很多外地人问过我：你们那里为什么出双黄鸭蛋？我也回答过，说这和鸭种有关；我们那里水多，小鱼小虾多，鸭吃多了小鱼小虾，爱下双黄蛋。其实这是想当然耳。直到现在，我也说不清这是什么道理。敝乡真是“小地方”，经济、文化都比较落后，只落得以产双黄鸭蛋而出名，悲哉！

我的家乡过去是相当穷的。穷的原因是

多水患。我们那里是水乡。人家多傍水而居，出门就得坐船。秦少游诗云：“菰蒲深处疑无地，忽有人家笑语声。”大抵里下河一带都是如此。县城的西面是运河，运河西堤外便是高邮湖。运河河身高，几乎是一条“悬河”，而县境的地势低，据说运河的河底和县城的城墙一般高。这可能有一点夸张。但我们小时候到运河堤上去玩，站在河堤上，是可以俯瞰下面人家的屋顶的。城里的孩子放风筝，风筝飘在堤上人的脚底下。这样，全县就随时处在水灾的威胁之中。民国二十年的大水我是亲历的。湖水侵入运河，运河堤破，洪水直灌而下，我家所住的东大街成了一条激流汹涌的大河。这一年水灾，毁坏田地房屋无数，死了几万人。我在外面这些年，经常关心的一件事，是我的家乡又闹水灾了没有？前几年，我的一个在江苏省水利厅当总工程师的初中同班同学到北京开会，来看我。他告诉我：高邮永远不会闹水灾了。我于是很想回去看看。我十九岁离乡，在外面已四十多年了。

苏北水灾得到根治，主要是由于修建了江都水利枢纽和苏北灌溉总渠。这是两项具有全国意义的战略性的水利工程，我的初中同班同学是参与这两项工程的主要设计者之一。我参观了江都水利枢纽，对那些现代化的机械一无所知，只觉得很壮观。但是我知道，从此以后，运河水大，可以泄出；水少，可以从长江把水调进来，不但旱涝无虞，而且使多少万人的生命得到了保障。呜呼，厥功伟矣！

我在家乡住了约一个星期。每天早起，我都要到运河堤上走一趟。运河拓宽了。小时候我们过运河去玩，由东堤到西堤，两篙子就到了。现在西门宝塔附近的河面宽得像一条江。我站在平整坚实的河堤上，看着横渡的轮船，拉着汽笛，悠然驶过，心里说不出的感动。

县境内的河也都经过统一规划，综合治理了，交通、灌溉都很方便。很多地方都实现了电力灌溉。我看了几份材料，都说现在是“要水一声喊，看水穿花鞋”。这两句话有点“大跃进”的味道，而且现在的妇女也很少穿花鞋的。不过过去到处可见的长到三十二轧的水车和凉亭似的牛车棚确实看不到了。我倒建议保留一架水车，放在博物馆里，否则下一辈人将不识水车为何物。

由于水利改善，粮食大幅度地增产了。过去我们那里的田，打五百斤粮食，就算了不起了；现在亩产千斤，不成问题。不少地方已达“吨粮”——亩产两千斤。因此，农民的生活大大改善了。很多人家盖起了新房子，砖墙、瓦顶、玻璃窗，门外种着西番莲、洋菊花。农村姑娘的衣着打扮也很入时，烫发、皮鞋，吓！

不过粮食增产有到头的时候。两千斤粮食又能卖多少钱呢？单靠农业，我们那个县还是富不起来的。希望还在发展工业上。我希望地方的有识之士动动脑筋。也可以把在外面工作的内行请回去出出主意。到二〇〇〇年，我的故乡应当会真正变个样子，成为一个开放型的城市。这样，故乡人民的心胸眼界才有可能开阔起来，摆脱小家子气。

我们那个县从来很难说是人文荟萃之邦。不但和扬州、仪征不能比，比兴化、泰州也不如。宋代曾以此地为高邮军，大概繁盛过一阵，不少文人都曾在高邮湖边泊舟，宋诗里提及高邮的地方颇多。那时出过鼎鼎大名、至今为故人引为骄傲的秦少游，还有一位孙莘老。明代出过一个散曲家兼画家的王西楼（磐）。清代出过王氏父子——王念孙、王引之。还有一位古文家夏之蓉。此外，再也数不出多少名人了。而且就是这几位名人，也没有在我的家乡产生多大的影响。秦少游没有留下多少遗迹。原来的文游台下有一个秦少游读书处，后来也倒塌了。连秦少游老家在哪里，也都搞不清楚，实在有点对不起这位绝代词人。听说近年发现了秦氏宗谱，那么这个问题可能有点线索了吧。更令人遗憾的是历代研究秦少游的故乡人颇少。我上次回乡看到一部《淮海集》，是清版。我们县应该有一部版本较好的《淮海集》才好。近年有几位青年有志于研究秦少游，地方上应该予以支持。王西楼过去知道的人更少。我小时候在家乡就没有读过一首王西楼的散曲，只是现在还流传一句有地方特点的歇后语："王西楼嫁女儿——话（画）多银子少。"《王西楼乐府》最初是在高邮刻印的，最好能找到较早的版本。我希望家乡能出一两个王西楼专家。散曲的谱不是很难找到，能不能把王西楼的某些散曲，比如那首有名的《喷呐》，翻成简谱在县里唱一唱？如果能组织一场王西楼散曲演唱晚会，那是会很叫人兴奋的。王念孙父子在清代训诂学界影响很大，号称"高邮王氏之学"。但是我的很多家乡人只知道"独旗杆王家"，至于王家是怎么回事，就不大了然了。我也希望故乡有人能继承光大王氏之学。前年高邮在王氏旧宅修建了高邮王氏纪念馆，让我写字，我寄去一副对联："一代宗师，千秋绝学；二王余韵，百里书声。"下联实是我对乡人的期望。

以上说的是传统文化。对于现代科学，我们高邮人做出贡献的也有。比如孙云铸，是世界有名的古生物学家、地层学家。他的《中国北方寒武纪动物化石》是我国第一部古生物学专著。我初到昆明时，曾到他家去过。他家桌上、窗台上，到处都是三叶虫化石。这是一位很纯正的学者。可是故乡人知道他的不多。高邮拟修县志，我希望县志里有孙云铸的传。我也希望故乡的后辈能继承老一辈严谨的治学精神。

我们县是没有多少名胜古迹的。过去年代较久，建筑上有特点的，是几座庙：承天寺、天王寺、善因寺。现在已经拆得一点不剩了。西门宝塔还在，但只是孤零零的一座塔，周围是一片野树。高邮的“刮刮老叫”的古迹是文游台，这是苏东坡、秦少游等名士文人雅集之地，我们小时候春游远足，总是上文游台。登高四望，烟树帆影、豆花芦叶，确实是可以使人胸襟一畅的。文游台在敌伪时期，由一个姓王的本地人县长重修了一次，搞得不像样子。重修后的奎楼、公园也都不理想。请恕我说一句直话：有点俗。听说文游台将重修，不修便罢，修就修好。文游台既是宋代的遗迹，建筑上要有点宋代的特点。比如：大斗拱、素朴的颜色。千万不要因陋就简，或者搞得花花绿绿的。

我离乡日久，鬓毛已衰，对于故乡一无贡献，很惭愧。《新华日报》约我为“故乡情”写稿，略抒芹意，希望我的乡人不要见怪。

一九八六年八月二十八日，北京

注释

原载一九八六年九月十七日《新华日报》。

《菰蒲深处》自序

我是高邮人。高邮是个水乡。秦少游诗云：

吾乡如覆盂，
地据扬楚脊，
环以万顷湖，
天粘四无壁。

我的小说常以水为背景，是非常自然的事。记忆中的人和事多带有点泱泱的水气。人的性格亦多平静如水，流动如水，明澈如水。因此我截取了秦少游诗句中的四个字“菰蒲深处”作为这本小说集的书名。

这些小说写的是本乡本土的事，有人曾

把我归入乡土文学作家之列。我并不太同意。“乡土文学”概念模糊不清，而且有很大的歧义。舍伍德·安德森的小说算是乡土文学，斯坦因倍克算是乡土文学，甚至有人把福克纳也划入乡土文学，但是我们看，他们之间的差别有多大！中国现在有人提倡乡土文学，这自然随他们的便。但是有些人标榜乡土文学，在思想上带有排他性，即排斥受西方影响较深的所谓新潮派。我并不拒绝新潮。我的一些小说，比如《昙花、鹤和鬼火》《幽冥钟》，不管怎么说，也不像乡土文学。我的小说有点水气，却不那么有土气。还是不要把我纳入乡土文学的范围为好。

我写小说，是要有真情实感的，沙上建塔，我没有这个本事。我的小说中的人物有些是有原型的。但是小说是小说，小说不是史传。我的儿子曾随我的姐姐到过一次高邮，我写的《异秉》中的王二的儿子见到他，跟他说：“你爸爸写的我爸爸的事，百分之八十是真的。”可以这样说。他的熏烧摊子兴旺发达，他爱听说书……这都是我亲眼所见，他说的“异秉”——大小解分清，是我亲耳所闻，——这是造不出来的。但是真实度达到百分之八十，这样的情况是很少的。《徙》里的高先生实有其人，我连他的名字也没有改，因为小说里写到他门上的一副嵌字格的春联，这副春联是真的。我们小学的校歌也确是那样。但高先生后来一直教中学，并没有回到小学教书。小说提到的谈甓渔，姓是我的祖父的岳丈的姓，名则是我一个作诗的远房舅舅的别号。陈小手有那么一个人，我没有见过，他的事是我的继母告诉我的，但陈小手并未被联军团长一枪打死。《受戒》所写的荸荠庵是有的，仁山、仁海、仁渡是有的（他们的法名是我给他们另起的），他们打牌、杀猪，都是有的，唯独小和尚明海却没有。大英子、小英子是有的。大英子还在我家带过我的弟弟。没有小和尚，则小英子和明海的恋爱当然是我编出来的。小和尚那种朦朦胧胧的爱，是我自己初恋的感情。世界上没有这样便宜的事，把一块现成的、完完整整的生活原封不动地移到纸上，就成了一篇小说。从眼中所见的生活到表现到纸上的生活，总是要变样的。我希望我的读者，特别是我的家乡人不要考证我的小说哪一篇写的是谁。如果这样索起隐来，我就会有吃不完的官司的。出于这种顾虑，有些想写的题材一直没有写，我怕所写人物或他的后代有意见。我的小说很少写坏人，原因也在此。

我的小说多写故人往事，所反映的是一个已经消逝或正在消逝的时代。我的家乡曾是一个比较封闭的小城。因为离长江不太远，自然也受了一些外来的影响。我小时看过清代不知是谁写的竹枝词，有一句“游女拖裙俗渐南”，印象很深，但是“渐南”而已，这里还保存着很多苏北的古风。我并不想引导人们向后看，去怀旧。我的小说中的感伤情绪并不浓厚。随着经济的发展，改革开放，人的伦理道德观念自然会发生变化，这是不可逆转的，也是无可奈何的事。但是在商品经济社会中保存一些传统品德，对于建设精神文明，是有好处的。我希望我的小说能起一点微薄的作用。“再使风俗淳”，这是一些表现传统文化，被称为“寻根”文学的作者的普遍用心，我想。

谨以此书献给我的家乡。

一九九二年三月二十一日

吴三桂

高邮县志办公室把新修的县志初稿寄来给我，我翻看了一遍，提了几点不成熟的意见。有一条记不得是否提过：应该给吴三桂立一个传。

我的家乡出过两个大人物，一个是张士诚，一个是吴三桂。张士诚不是高邮人，是泰州的白驹场人，但是他于元至正十三年（一三五三年）攻下了高邮，并于次年在承天寺自称诚王。吴三桂的家不知什么时候迁到了辽东，但祖籍是高邮。他生于一六一二年。“五百年必有王者兴”，敝乡于二百六十年之间出过两位皇上，——吴三桂后来是称了帝的，大概曾经是有过一点“王气”的。

吴三桂

我知道吴三桂很早了。小时候《正续三字经》里面就有“吴三桂，请清兵”。长大后到昆明住了七年，听到一些关于吴三桂的传闻。昆明五华山下有一斜坡，叫作“逼死坡”，据说是吴三桂逼死明朝最后一个皇帝永历帝的地方。永历帝兵败至云南，由腾冲逃到缅甸，吴三桂从缅甸把他弄回来杀了。云南人说是吴三桂逼得他上吊死的。这大概是可靠的。另外的传说则大概是附会的了。昆明市东凤鸣山顶有一座金殿，梁柱门窗，都是铜铸的，顶瓦也是铜的。说是吴三桂冬天住在这里，殿外烧了火，殿里暖和而无烟气，他在里面饮酒作乐。这大概是不可能的。昆明冬天并不冷，无须这样烤火。而且住在一间不大的铜房子里，又有多大趣味呢？此外，昆明大西门外莲花池畔有一座陈圆圆石像。石像是用单线刻在石碑上的，外面有一石龛，高约四尺，额上题：“比丘尼陈圆圆像”，是一个中年的尼姑的样子。据说陈圆圆是投莲花池死的。吴三桂镇云南，握重兵，形成割据势力，清圣祖为了加强统一，实行撤藩。康熙十二年（一六七三年），吴三桂叛，自称周王。十七年在衡州称帝。吴三桂举兵叛乱时，已经六十一岁，这时陈圆圆也相当老了，她大概是没有跟着。死于昆明，是可能的。是不是投了莲花池，就难说了。陈圆圆晚年为女道士，改名寂静，字玉庵。莲花池畔的石像却说她是比丘尼，不知是什么缘故。

逼死坡今犹在，金殿也还好好的。莲花池畔的陈圆圆像则已于“文化大革命”中被毁掉了。干吗要毁陈圆圆的像呢？毁像的“红卫兵”大概是受了吴梅村的影响，相信“痛哭六军俱缟素，冲冠一怒为红颜”，认为吴三桂的当汉奸，陈圆圆是罪魁祸首。冤哉！

“冲冠一怒为红颜”，早就有人说没有这回事，一宗巨大的历史变故，原因岂能如此简单！如果说吴三桂引清兵入关，与陈圆圆有一定关系，那么他后来穷追永历帝以至将其逼死，再后来又从拥兵自重到叛乱称王，又将怎样解释呢？这和陈圆圆又有什么关系呢？吴三桂自是吴三桂，陈圆圆对他的一生负不了责。

我希望有人能认真研究一下吴三桂其人，给他写一个传。写成历史小说也可以，但希望忠实一些，不要有太多的演义。

一九八七年五月二十四日

注释

原载《北京文学》一九八七年第七期。

吴大和尚和七拳半

我的家乡有“吃晚茶”的习惯。下午四五点钟，要吃一点点心，一碗面，或两个烧饼或“油端子”。一九八一年，我回到阔别四十余年的家乡，家乡人还保持着这个习惯。一天下午，“晚茶”是烧饼。我问：“这烧饼就是巷口那家的？”我的外甥女说：“是七拳半做的。”“七拳半”当然是个外号，形容这人很矮，只有七拳半那样高，这个外号很形象，不知道是哪个尖嘴薄舌而又极其聪明的人给他起的。

我吃着烧饼，烧饼很香，味道跟四十多年前的一样，就像吴大和尚做的一样。于是我想起吴大和尚。

我家除了大门、旁门，还有一个后门。这后门即开在吴大和尚住家的后墙上。打开后门，要穿过吴家，才能到巷子里。我们有时抄近，从后门出入，吴大和尚家的情况看得很清楚。

吴大和尚（这是小名，我们那里很多人有大名，但一辈子只以小名“行”）开烧饼饺面店。

我们那里的烧饼分两种。一种叫作“草炉烧饼”，是在砌得高高的炉里用稻草烘熟的。面粗，层少，价廉，是乡下人进城时买了充饥当饭的。一种叫作“桶炉烧饼”。用一只大木桶，里面糊了一层泥，炉底燃煤炭，烧饼贴在炉壁上烤熟。“桶炉烧饼”有碗口大，较薄而多层，饼面芝麻多，带椒盐味。如加钱，还可“插酥”，即在擀烧饼时加较多的“油面”，烤出，极酥软。如果自己家里拿了猪油渣和霉干菜去，做成霉干菜油渣烧饼，风味独绝。吴大和尚家做的是“桶炉”。

原来，我们那里饺面店卖的面是“跳面”。在墙上挖一个洞，将木杠插在洞内，下置面案，木杠压在和得极硬的一大块面上，人坐在木杠上，反复压这一块面。因为压面时要一步一跳，所以叫作“跳面”。“跳面”可以切得极细极薄，下锅不浑汤，吃起来有韧劲而又甚柔软。汤料只有虾子、熟猪油、酱油、葱花，但是很鲜。如不加汤，只将面下在作料里，谓之“干拌”，尤美。我们把馄饨叫作饺子。吴家也卖饺子。但更多的人去，都是吃“饺面”，即一半馄饨，一半面。我记得四十年前吴大和尚家的饺面是一百二十文一碗，即十二个当十铜元。

吴家的格局有点特别。住家在巷东，即我家后门之外，店堂却在对面。店堂里除了烤烧饼的桶炉，有锅台，安了大锅，煮面及饺子用；另有一张（只一张）供顾客吃面的方桌。都收拾得很干净。

吴家人口简单。吴大和尚有一个年轻的老婆，管包饺子、下面。他这个年轻的老婆个子不高，但是身材很苗条。肤色微黑。眼睛狭长，睫毛很重，是所谓“桃花眼”。左眼上眼皮有一小疤，想是小时生疮落下来的。这块小疤使她显得很俏。但她从不和顾客眉来眼去，卖弄风骚，只是低头做事，不声不响。穿着也很朴素，只是青布的衣裤。她和吴大和尚生了一个孩子，还在喂奶。吴大和尚有一个妈，整天也不闲着，翻一家的棉袄棉裤，纳鞋底，摇晃睡在摇篮里的孙子。另外，还有个小伙计，“跳”面、烧火。

表面上看起来，这家过得很平静，不争不吵。其实不然。吴大和尚经常在夜里打他的老婆，因为老婆“偷人”。我们那里把和人发生私情叫作“偷人”。打得很重，用劈柴打，我们隔着墙都能听见。这个小个子女人很倔强，不哭，不喊，一声不出。

第二天早起，一切如常，该干什么还干什么。吴大和尚擀烧饼，烙烧饼；他老婆包饺子，下面。

终于有一天吴大和尚的年轻的老婆不见了，跑了，丢下她的奶头上的孩子，不知去向。我们始终不知道她的“孤佬”（我们那里把不正当的情人、野汉子，叫作“孤佬”）是谁。

我从小就对这个女人充满了尊敬，并且一直记得她的模样，记得她的桃花眼，记得她左眼上眼皮上的那一小块疤。

吴大和尚和这个桃花眼、小身材的小媳妇大概都已经死了。现在，这条巷口出现了七拳半的烧饼店。我总觉得七拳半和吴大和尚之间有某种关联，引起我一些说不清楚的感慨。

七拳半并不真是矮得出奇，我估量他大概有一米五六，是一个很有精神的小伙子。他是一个名副其实的“个体户”，全店只有他一个人。他不难成为万元户，说不定已经是万元户，他的烧饼做得那样好吃，生意那样好。我无端地觉得，他会把本街的一个最漂亮的姑娘娶到手，并且这位姑娘会真心爱他，对他很体贴。我看看七拳半把烧饼贴在炉膛里的样子，觉得他对这点充满信心。

两个做烧饼的人所处的时代不同。我相信七拳半的生活将比吴大和尚的生活更合理一些，更好一些。

也许这只是我的希望。

注释

原载一九八八年十二月七日《人民日报》。

多年父子成兄弟

这是我父亲的一句名言。

父亲是个绝顶聪明的人。他是画家，会刻图章，画写意花卉。图章初宗浙派，中年后治汉印。他会摆弄各种乐器，弹琵琶，拉胡琴，笙箫管笛，无一不通。他认为乐器中最难的其实是胡琴，看起来简单，只有两根弦，但是变化很多，两手都要有功夫。他拉的是老派胡琴，弓子硬，松香滴得很厚——现在拉胡琴的松香都只滴了薄薄的一层。他的胡琴音色刚亮。胡琴码子都是他自己刻的，他认为买来的不中使。他养蟋蟀，养金铃子。他养过花，他养的一盆素心兰在我母亲病故那年死了，从此他就不再养花。我母亲死后，他亲手给她做了几箱子冥衣——我们那里有烧冥衣的风俗。按照母亲生前的喜好，选购了各种花素色纸做衣料，单夹皮棉，四时不缺。他做的皮衣能分得出小麦穗、羊羔、灰鼠、狐肷。

父亲是个很随和的人，我很少见他发脾气，对待子女，从无疾言厉色。他爱孩子，喜欢孩子，爱跟孩子玩，带着孩子玩。我的姑妈称他为“孩子头”。春天，不到清明，他领一群孩子到麦田里放风筝。放的是他自己糊的蜈蚣（我们那里叫“百脚”），是用染了色的绢糊的。放风筝的线是胡琴的老弦。老弦结实而轻，这样风筝可笔直地飞上去，没有“肚儿”。用胡琴弦放风筝，我还未见过第二人。清明节前，小麦还没有“起身”，是不怕践踏的，而且越踏会越长得旺。孩子们在屋里闷了一冬天，在春天的田野里奔跑跳跃，身心都极其畅快。他用钻石刀把玻璃裁成不同形状的小块，再一块一块斗拢，接缝处用胶水粘牢，做成小桥、小亭子、八角玲珑水晶球。桥、亭、球是中空的，里面养了金铃

一九六一年全家在北京中山公园

子。从外面可以看到金铃子在里面自在爬行，振翅鸣叫。他会做各种灯。用浅绿透明的“鱼鳞纸”扎了一只纺织娘，栩栩如生。用西洋红染了色，上深下浅，通草做花瓣，做了一个重瓣荷花灯，真是美极了。用小西瓜（这是拉秧的小瓜，因其小，不中吃，叫作“打瓜”或“笃瓜”）上开小口挖净瓜瓤，在瓜皮上雕镂出极细的花纹，做成西瓜灯。我们在这些灯里点了蜡烛，穿街过巷，邻居的孩子都跟过来看，非常羡慕。

父亲对我的学业是关心的，但不强求。我小时候，国文成绩一直是全班第一。我的作文，时得佳评，他就拿出去到处给人看。我的数学不好，他也不责怪，只要能及格，就行了。他画画，我小时也喜欢画画，但他从不指点我。他画画时，我在旁边看，其余时间由我自己乱翻画谱，瞎抹。我对写意花卉那时还不太会欣赏，只是画一些鲜艳的大桃子，或者我从来没有见过的瀑布。我小时字写得不错，他倒是给我出过一点主意。在我写过一阵《圭峰碑》和《多宝塔》以后，他建议我写写《张猛龙》。这建议是很好的，到现在我写的字还有《张猛龙》的影响。我初中时爱唱戏，唱青衣，我的嗓子很好，高亮甜润。在家里，他拉胡琴，我唱。我的同学有几个能唱戏的。学校开同乐会，他应我的邀请，到学校去伴奏。几个同学都只是清唱，有一个姓费的同学借到一顶纱帽，一件蓝官衣，扮起来唱《朱砂井》，但是没有配角，没有衙役，没有犯人，只是一个赵廉，摇着马鞭在台上走了两圈，唱了一段“郿坞县在马上心神不定”便完事下场。父亲那么大的人陪着几个孩子玩了一下午，还挺高兴。我十七岁初恋，暑假里，在家写情书，他在一旁瞎出主意。我十几岁就学会了抽烟喝酒。他喝酒，给我也倒一杯。抽烟，一次抽出两根，他一根我一根。

他还总是先给我点上火。我们的这种关系，他人或以为怪。父亲说："我们是多年父子成兄弟。"

我和儿子的关系也是不错的。我戴了"右派分子"的帽子下放张家口农村劳动，他那时从幼儿园刚毕业，刚刚学会汉语拼音，用汉语拼音给我写了第一封信。我也只好赶紧学会汉语拼音，好给他写回信。"文化大革命"期间，我被打成"黑帮"，关进"牛棚"。偶尔回家，孩子们对我还是很亲热。我的老伴告诫他们："你们要和爸爸'划清界限'。"儿子反问母亲："那你怎么还给他打酒？"只有一件事，两代之间，曾有分歧。他下放山西忻县"插队落户"，按规定，春节可以回京探亲。我们等着他回来。不料他同时带回了一个同学。这个同学在北京已经没有家，按照大队的规定是不能回北京的，但是这孩子很想回北京，在一伙同学的秘密帮助下，我的儿子就偷偷地把他带回来了。他连"临时户口"也不能上，是个"黑人"，我们留他在家住，等于"窝藏"了他。公安局随时可以来查户口，街道办事处的大妈也可能举报。当时人人自危，自顾不暇，儿子惹了这么一个麻烦，使我们非常为难。我和老伴把他叫到我们的卧室，对他的冒失行为表示不满，我责备他："怎么事前也不和我们商量一下！"我的儿子哭了，哭得很委屈，很伤心。我们当时立刻明白了：他是对的，我们是错的。我们这种怕担干系的思想是庸俗的。我们对儿子和同学之间的义气缺乏理解，对他的感情不够尊重。他的同学在我们家一直住了四十多天，才离去。

对儿子的几次恋爱，我采取的态度是"闻而不问"。了解，但不干涉。我们相信他自己的选择，他的决定。最后，他悄悄和一个小学时期的女同学好上了，结了婚。有了一个女儿，已近七岁。

种菊不安篱，任它恣意长。昨夜落秋霜，随风自俯仰。　一九八二年十一月不是七日就是八日，汪曾祺（时女儿汪明在旁瞎出主意）

我的孩子有时叫我“爸”，有时叫我“老头子”，连我的孙女也跟着叫。我的亲家母说这孩子“没大没小”。我觉得一个现代的、充满人情味的家庭，首先必须做到“没大没小”。父母叫人敬畏，儿女“笔管条直”，最没有意思。

儿女是属于他们自己的。他们的现在，和他们的未来，都应由他们自己来设计。一个想用自己理想的模式塑造自己的孩子的父亲是愚蠢的，而且，可恶！另外，作为一个父亲，应该尽量保持一点童心。

一九九〇年九月一日

注释

原载《福建文学》一九九一年第一期。

我的家乡

法国人安妮·居里安女士听说我要到波士顿，特意退了机票，推迟了行期，希望和我见一面。她翻译过我的几篇小说。我们谈了约一个小时，她问了我一些问题。其中一个是，为什么我的小说里总有水？即使没有写到水，也有水的感觉。这个问题我以前没有意识到过。是这样。这是很自然的。我的家乡是一个水乡，我是在水边长大的，耳目之所接，无非是水。水影响了我的性格，也影响了我的作品的风格。

我的家乡高邮在京杭大运河的下面。我小时候常常到运河堤上去玩（我的家乡把运河堤叫作“上河堆”或“上河埫”。“埫”字

一九九二年，与夫人在家中

一般字典上没有，可能是家乡人造出来的字，音淌。“堆”当是“堤”的声转）。我读的小学的西面是一片菜园，穿过菜园就是河堤。我的大姑妈（我们那里对姑妈有个很奇怪的叫法，叫“摆摆”，别处我从未听过有此叫法）的家，出门西望，就看见爬上河堤的石级。这段河堤有石级，因此地名“御码头”，康熙或乾隆曾在此泊舟登岸（据说御码头夏天没有蚊子）。运河是一条“悬河”，河底比东堤下的地面高，据说河堤和墙垛子一般高，站在河堤上，可以俯瞰堤下街道房屋。我们几个同学，可以指认哪一处的屋顶是谁家的。城外的孩子放风筝，风筝在我们脚下飘。城里人家养鸽子，鸽子飞起来，我们看到的是鸽子的背。几只野鸭子贴水飞向东，过了河堤，下面的人看见野鸭子飞得高高的。

我们看船。运河里有大船。上水的大船多撑篙。弄船的脱光了上身，使劲把篙子梢头顶上肩窝处，在船侧窄窄的舷板上，从船头一步一步走到船尾。然后拖着篙子走回船头，欻的一声把篙

汪曾祺为家乡题词

子投进水里，扎到河底，又顶着篙子，一步一步向船尾。如是往复不停。大船上用的船篙甚长而极粗，篙头如饭碗大，有锋利的铁尖。使篙的通常是两个人，船左右舷各一个；有时只一个人，在一边。这条船的水程，实际上是他们用脚一步一步走出来的。这种船多是重载，船帮吃水甚低，几乎要漫到船上来。这些撑篙男人都极精壮，浑身作古铜色。他们是不说话的，大都眉棱很高，眉毛很重。因为长年注视着流动的水，故目光清明坚定。这些大船常有一个舵楼，住着船老板的家眷。船老板娘子大都很年轻，一边扳舵，一边敞开怀奶孩子，态度悠然。舵楼大都伸出一支竹竿，晾晒着衣裤，风吹着啪啪作响。

看打鱼。在运河里打鱼的多用鱼鹰。一般都是两条船，一船八只鱼鹰。有时也会有三条、四条，排成阵势。鱼鹰栖在木架上，精神抖擞，如同临战状态。打鱼人把篙子一挥，这些鱼鹰就噼噼啪啪，纷纷跃进水里。只见它们一个猛子扎下去，眨眼工夫，有的就叼了一条鳜鱼上来——鱼鹰似乎专逮鳜鱼。打鱼人解开鱼鹰脖子上的金属的箍（鱼鹰脖子上都有一道箍，否则它就会把逮到的鱼吞下去），把鳜鱼扔进船里，奖给它一条小鱼，它就高高兴兴，心甘情愿地转身又跳进水里去了。有时两只鱼鹰合力抬起一条大鳜鱼上来，鳜鱼还在挣蹦，打鱼人已经一手捞住了。这条鳜鱼够四斤！这真是一个热闹场面。看打鱼的、鱼鹰都很兴奋激动，倒是打鱼人显得十分冷静，不动声色。

远远地听见嘣嘣嘣嘣的响声，那是在修船、造船。嘣嘣的声音是斧头往船板上敲钉。船体是空的，故声音传得很远。待修的船翻扣过来，底朝上。这只船辛苦了很久，它累了，它正在休息。一只新船造好了，油了桐油，过两天就要下水了。看看崭新的船，叫人心里高兴——生活是充满希望的。船场附近照例有打船钉的铁匠炉，叮叮当当。有碾石粉的碾子，石粉是填船缝用的。有卖牛杂碎的摊子。卖牛杂碎的是山东人。这种摊子上还卖锅盔（一种很厚很大的面饼）。

我们有时到西堤去玩。我们那里的人都叫它西湖。湖很大，一眼望不到边，很奇怪，我竟没有在湖上坐过一次船。湖西是还有一些村镇的。我知道一个地名，菱塘桥，想必是个大镇子。我喜欢菱塘桥这个地名，引起我的向往，但我不知道菱塘桥是什么样子。湖东有的村子，到夏天，就把耕牛送到湖西去歇伏。我所住的东大街上，那几天就不断有成队的水牛在大街上慢慢地走过。牛过后，留下很大的一堆一堆牛屎。听说是湖西凉快，而且湖西有茭草，牛吃了会消除劳乏，恢复健壮。我于是想象湖西是一片碧绿碧绿的茭草。

高邮湖中，曾有神珠。沈括《梦溪笔谈》载：

> 嘉祐中，扬州有一珠甚大，天晦多见，初出于天长县陂泽中，后转入甓射湖，又后乃在新开湖中，凡十余年，居民行人常常见之。余友人书斋在湖上，一夜忽见其珠甚近，初微开其房，光自吻中出，如横一金线，俄顷忽张壳，其大如半席，壳中白光如银，珠大如拳，灿然不可正视，十余里间林木皆有影，如初日所照，远处但见天赤如野火，倏然远去，其行如飞，浮于波中，杳杳如日。古有明月之珠，此珠色不类月，荧荧有芒焰，殆类日光。崔伯易尝为《明珠赋》。伯易高邮人，盖常见之。近岁不复出，不知所往。樊良镇正当珠往来处，行人至此，往往维船数宵以待观，名其亭为“玩珠”。

这就是“秦邮八景”的第一景“甓射珠光”。沈括是很严肃的学者，所言凿凿，又生动细微，似乎不容怀疑。这是个什么东西呢？是一颗大珠子？嘉祐到现在也才九百多年，已经不可究诘了。高邮湖亦称珠湖，以此。我小时学刻图章，第一块刻的就是“珠湖人”，是一块肉红色的长方形图章。

湖通常是平静的，透明的。这样一片大水，浩浩渺渺（湖上常常没有一只船），让人觉得有些荒凉，有些寂寞，有些神秘。

黄昏了。湖上的蓝天渐渐变成浅黄，橘黄，又渐渐变成紫色，很深很深的紫色。这种紫色使人深深感动。我永远忘不了这样的紫色的长天。

高邮运河风光

闻到一阵阵炊烟的香味，停泊在御码头一带的船上正在烧饭。

一个女人高亮而悠长的声音：

“二丫头……回来吃晚饭来……”

像我的老师沈从文常爱说的那样，这一切真是一个圣境。

高邮湖也是一个悬湖。湖面，甚至有的地方的湖底，比运河东面的地面都高。

湖是悬湖，河是悬河，我的家乡随时处在大水的威胁之中。翻开县志，水灾接连不断。我所经历过的最大的一次水灾，是民国二十年。

这次水灾是全国性的。事前已经有了很多征兆。连降大雨，西湖水位增高，运河水平了漕，坐在河堤上可以“踢水洗脚”。有许多很“瘆人”的不祥的现象。天王寺前，蛤蟆爬在柳树顶上叫。老人们说：蛤蟆在多高的地方叫，大水就会涨得多高。我们在家里的天井里躺在竹床上乘凉，忽然拨剌一声，从阴沟里蹦出一条大鱼！运河堤上，龙王庙里香烛昼夜不熄。七公殿也是这样。大风雨的黑夜里，人们说是看见“耿庙神灯”了。耿七公是有这个人的，生前为人治病施药，风雨之夜，他就在家门前高旗杆上挂起一串红灯，在黑暗的湖里打转的船，奋力向红灯划去，就能平安到岸。他死后，红灯还常在浓云密雨中出现，这就是耿庙神灯——“秦邮八景”中的一景。耿七公是渔民和船民的保护神，渔民称之为七公老爷，渔民每年要做会，谓之七公会。神灯是美丽的，但同时也给人一种神秘的恐怖感。阴历七月，西风大作。店铺都预备了高挑灯笼——长竹柄，一头用火烤弯如钩状，上悬一个灯笼，轮流值夜巡堤。告警锣声不绝。本来平静的水变得暴怒了。一个浪头翻上来，会把东堤石工的丈把长的青石掀起来。看来堤是保不住了。终于，我记得是七月十三（可能记错），倒了口子。我们那里把决堤叫作倒口子。西堤四处，东堤六处。湖水涌入运河，运河水直灌堤东。顷刻之间，高邮成为泽国。

镇国寺塔

我们家住进了竺家巷一个茶馆的楼上（同时搬到茶馆楼上的还有几家），巷口外的东大街成了一条河，“河”里翻滚着箱箱柜柜，死猪死牛。“河”里行了船。

会水的船家各处去救人（很多人家爬在屋顶上、树上）。

约一星期后，水退了。

水退了，很多人家的墙壁上留下了水印，高及屋檐。很奇怪，水印怎么擦洗也擦洗不掉。全县粮食几乎颗粒无收。我们这样的人家还不至于挨饿，但是没有菜吃。老是吃慈姑汤，很难吃。比慈姑汤还要难吃的是芋头梗子做的汤。日本人爱喝芋梗汤，我觉得真不可理解。大水之后，百物皆一时生长不出，唯有慈姑芋头却是丰收！我在小学的教务处地上发现几个特大的蚂蟥，缩成一团，有拳头大，踩也踩不破！

我小时候，从早到晚，一天没有看见河水的日子，几乎没有。我上小学，倘不走东大街而走后街，是沿河走的。上初中，如果不从城里走，走东门外，则是沿着护城河。出我家所在的巷子南头，是越塘。出巷北，往东不远，就是大淖。我在小说《异秉》中所写的老朱，每天要到大淖去挑水，我就跟着他一起去玩。老朱真是个忠心耿耿的人，我很敬重他。他下水把水桶弄满（他两腿都是筋疙瘩——静脉曲张），我就拣选平薄的瓦片打水漂。我到一沟、二沟、三垛，都是坐船。到我的小说《受戒》所写的庵赵庄去，也是坐船。我第一次离家乡去外地读高中，也是坐船——轮船。

水乡极富水产。鱼之类，乡人所重者为鳊、白、鯚（鯚花鱼即鳜鱼）。虾有青白两种。青虾宜炒虾仁，呛虾（活虾酒醉生吃）则用白虾。小鱼小虾，比青菜便宜，是小户人家佐餐的恩物。小鱼有名“罗汉狗子”“猫杀子”者，很好吃。高邮湖蟹甚佳，以做醉蟹，尤美。高邮的大麻鸭是名种。我们那里八月中秋兴吃鸭，馈送节礼必有公母鸭成对。大麻鸭很能生蛋。腌制后即著名的高邮咸蛋。高邮鸭蛋双黄者甚多。江浙一带人见面问起我的籍贯，答云高邮，多肃然起敬，曰："你们那里出咸鸭蛋。"好像我们那里就只出咸鸭蛋似的！

我的家乡不只出咸鸭蛋。我们还出过秦少游，出过散曲作家王磐，出过经学大师王念孙、王引之父子。

县里的名胜古迹最出名的是文游台。这是秦少游、苏东坡、孙莘老、王定国文酒游会之所。台基在东山（一座土山）上，登台四望，眼界空阔。我小时常凭栏看西面运河的船帆露着半截。在密密的杨柳梢头后面，缓缓移过，觉得非常美。有一座镇国寺塔，是个唐塔，方形。这座塔原在陆上，运河拓宽后，为了保存这座塔，留下塔的周围的土地，成了运河当中的一个小岛。镇国

一九九一年十月，和夫人回高邮，参观王念孙父子纪念馆

寺我小时还去玩过，是个不大的寺。寺门外有一堵紫色的石制的照壁，这堵照壁向前倾斜，却不倒。照壁上刻着海水，故名水照壁。寺内还有一尊肉身菩萨的坐像，是一个和尚坐化后漆成的。寺不知毁于何时。另外还有一座净土寺塔，明代修建。我们小时候记不住什么镇国寺、净土寺，因其一在西门，名之为西门宝塔；一在东门，便叫它东门宝塔。老百姓都是这么叫的。

全国以邮字为地名的，似只高邮一县。为什么叫作高邮？因为秦始皇曾在高处建邮亭。高邮是秦王子婴的封地，至今还有一条河叫子婴河，旧有子婴庙，今不存。高邮为秦代始建，故又名秦邮。外地人或以为这跟秦少游有什么关系，没有。

一九九一年六月二十日

注释

原载《作家》一九九一年第十期。

写字

写字总得从临帖开始。我比较认真地临过一个时期的帖，是在十多岁的时候，大概是小学五年级、六年级和初中一年级的暑假。我们那里，那样大的孩子“过暑假”的一个主要内容便是读古文和写字。一个暑假，我从祖父读《论语》，每天上午写大、小字各一张，大字写《圭峰碑》，小字写《闲邪公家传》，都是祖父给我选定的。祖父认为我写字用功，奖给了我一块猪肝紫的端砚和十几本旧拓的字帖：我印象最深的是一本褚河南的《圣教序》。这些字帖是一个败落的世家夏家卖出来的。夏家藏帖很多，我的祖父几乎全部买了下来。一个暑假，从一个姓韦的先生学桐城派古文、写字。韦先生是写魏碑的，他让我临的却是《多宝塔》。一个暑假读《古文观止》、唐诗，写《张猛龙》。这是我父亲的主意。他认为得写写魏碑，才能掌握好字的骨力和间架。我写《张猛龙》，用的是一种稻草做的纸——不是解大便用的草纸，很大，有半张报纸那样大，质地较草纸紧密，但是表面相当粗。这种纸市面上看不到卖，不知道父亲是从什么地方买来的。用这种粗纸写魏碑是很合适的，运笔需格外用力。其实不管写什么体的字，都不宜用过于平滑的纸。古人写字多用麻纸，是不平滑的。像澄心堂纸那样细腻的，是不多见的。这三部帖，给我的字打了底子，尤其是《张猛龙》。到现在，从我的字里还可以看出它的影响，结体和用笔。

临帖是很舒服的，可以使人得到平静。初中以后，我就很少有整桩的时间临帖了。读高中时，偶尔临一两张，一曝十寒。二十岁以后，读了大学，极少临帖。曾在昆明一家茶叶店看到一副对联："静对古碑临黑女，闲吟绝句比红儿。"这副对联的作者真是一个会享福的人。《张黑女》的字我很喜欢，但是没有临过，倒是借得过一本，反反复复，"读"了好多遍。《张黑女》北书而有南意，我以为是从魏碑到二王之间的过渡。这种字体很难把握，五十年来，我还没有见过一个书家写《张黑女》而能得其仿佛的。

写字，除了临帖，还需"读帖"。包世臣以为读帖当读真迹，石刻总是形似，失去原书精神，看不出笔意，固也。试读《三希堂法帖·快雪时晴》，再到故宫看看原件，两者比较，相去真不可以道里计。看真迹，可以看出纸、墨、笔之间的关系。尤其是"运墨"，"纸墨相得"，是从拓本上感觉不出来的。但是真迹难得看到，像《快雪时晴》《奉橘帖》那样的稀世国宝，故宫平常也不拿出来展览。隔着一层玻璃，也不便揣摩谛视。求其次，则可看看珂罗版影印的原迹。多细的珂罗版也是有网纹的，印出来的字多浅淡发灰，不如原书的沉着入纸。但是，毕竟慰情聊胜无，比石刻拓本要强得多。读影印的《祭侄文》，才知道颜真卿的字是从二王来的，流畅潇洒，并不都像《麻姑仙坛》那样见棱见角的“方笔”；看《兴福寺碑》，觉赵子昂的用笔也是很硬的，不像坊刻应酬尺牍那样柔媚。再其次，便只好看看石刻拓本了。不过最好要旧拓。从前旧拓字帖并不很贵，逛琉璃厂，挟两本旧帖回来，不是难事。现在可不得了了！前十年，我到一家专卖碑帖的铺子里，见有一部《淳化阁帖》，我请售货员拿下来看看，售货员站着不动，只说了个价钱。他的意思我明白：你买得起吗？我只好向他道歉：“那就不麻烦你了！”现在比较容易得到的丛帖是北京日报出版社影印的《三希堂法帖》。乾隆本的《三希堂法帖》是浓墨乌金拓。我是不喜欢乌金拓的，太黑，且发亮。北京日报出版社用重磅铜版纸印，更显得油墨堆浮纸面，很“暴”。而且分装四大厚册，很重，展玩极其不便。不过能有一套《三希堂法帖》已属幸事，还有什么话可说呢？

《三希堂法帖》收宋以后的字很多。对于中国书法的发展，一向有两种对立的意见。一种以为中国的书法，一坏于颜真卿，二坏于宋四家。一种以为宋人书是一个重要的突破。宋人宗法二王，而不为二王所囿，用笔洒脱，显出各自的个性和风格。有人一辈子写晋人书体，及读宋人帖，方悟用笔。我觉两种意见都有道理。但是，二王书如清炖鸡汤，宋人书如棒棒鸡。清炖鸡汤是真味，但是吃惯了麻辣的川味，便觉得什么菜都不过瘾。一个人多“读”宋人字，便会终身摆脱不开，明知趣味不高，也没有办法。话又说回来，现在书家中标榜写二王的，有几个能不越雷池一步的？即便是沈尹默，他的字也明显地看出有米字的影响。

“宋四家”指苏（东坡）、黄（山谷）、米（芾）、蔡。“蔡”本指蔡京，但因蔡京人品不好，遂以蔡襄当之。早就有人提出这个排列次序不公平。就书法成就说，应是蔡、米、苏、黄。我同意。我认为宋人书法，当以蔡京为第一。北京日报出版社《三希堂法帖与书法家小传》（卷二），称蔡京“字势豪健，痛快沉着，严而不拘，逸而不外规矩。比其从兄蔡襄书法，飘逸过之，一时各书家，无出其左右者”“……但因人品差，书名不为世人所重。”我以为这评价是公允的。

这里就提出一个多年来缠夹不清的问题：人品和书品的关系。一种很有势力的意见以为，字品即人品，字的风格是人格的体现。为人刚毅正直，其书乃能挺拔有力，典型的代表人物是颜真卿。这不能说是没有道理，但是未免简单化。有些书法家，人品不能算好，但你不能说他的字写得不好，如蔡京，如赵子昂，如董其昌，这该怎么解释？历来就有人贬低他们的书法成就。看来，用道德标准、政治标准代替艺术标准，是古已有之的。看来，中国的书法美学、书法艺术心理学，得用一个新的观点、新的方法来重新开始研究。简单从事，是有害的。

蔡京字的好处是放得开，《与节夫书帖》《与宫使书帖》可以为证。写字放得开并不容易。书家往往于酒后写字，就是因为酒后精神松弛，没有负担，较易放得开。相传王羲之的《兰亭序》是醉后所写。苏东坡说要“酒气拂拂从指间出”，才能写好字，东坡《答钱穆父诗》书后自题是“醉书”。万金跋此帖后云：

> 右军兰亭，醉时书也。东坡答钱穆父诗，其后亦题曰醉书，较之常所见帖大相远矣。岂醉者神全，故挥洒纵横，不用意于布置，而得天成之妙欤？不然则兰亭之传何其独盛也如此。

说得是有道理的。接连写几张字，第一张大都不好，矜持拘谨。大概第三四张较好，因为笔放开了。写得太多了，也不好，容易“野”。写一上午字，有一张满意的，就很不错了。有时一张都不好，也很别扭。那就收起笔砚，出去遛个弯儿去。写字本是遣兴，何必自寻烦恼。

一九九〇年七月十二日

注释

原载《八小时以外》一九九〇年第十期。

皇帝的诗

我的家乡高邮是个泽国，经常闹水灾。境内有高邮湖，往来旅客，多于湖边泊船，其中不乏骚人墨客，写了一些诗。高邮县政协盂城诗社寄给我一册《珠湖吟集》，是历代写高邮湖的。我翻看了一遍，不外是写湖上风景、水产鱼虾，写旅兴或旅愁，很少涉及人民生活的，大都无甚深意，没有什么分量。看多了有喝了一肚子白开水之感。奇怪的是，写得很有分量的，倒是两位清朝皇帝的诗。一首是康熙的，一首是乾隆的，录如下：

康熙　高邮湖见居民田庐多在水中因询其故恻然念之

淮扬罹水灾，流波常浩浩。
龙舰偶经过，一望类洲岛。
田亩尽沉沦，舍庐半倾倒。
茕茕赤子民，凄凄卧深潦。
对之心惕然，无策施襁褓。
夹岸罗黔首，跽陈进耆老。
咨诹不厌烦，利弊细探讨。
饥寒或有由，良惭奉苍颢。
古人念一夫，何况睹枯槁。
凛凛夜不寐，忧勤悬如捣。
亟图浚治功，极济须及早。
今当复故业，咸令乐怀保。

乾隆　高邮湖

淮南古泽国，高邮更巨浸。
诸湖率汇兹，万顷波容任。
洒火含阴精，孕珠符祥谶。
堤岸高于屋，居民疑地窨。
嗟我水乡民，生计惟罟罧。
菱芡佐餐飧，舴艋待用赁。
其乐实未见，其艰亦已甚。

乾隆这首诗写得真切沉痛，和刻在许多名胜古迹的御碑上的满篇锦绣珠玑的七言律诗或绝句很不相同。“其乐实未见，其艰亦已甚”，慨乎言之，不啻是在载酒的诗翁的悠然的脑袋上敲了一棒。比较起来，康熙的一首写得更好一些，无雕饰，无典故，明白如话。难得的是民生的疾苦使一位皇帝内心感到惭愧。“凛凛夜不寐，忧勤悬如捣”虽然用的是成句，但感情是真挚的。这种感情不是装出来的，他没有必要装，装也装不出来。

康熙和乾隆都是有作为的皇帝。他们的几次南巡，背景和目的是什么，我没有考察过，但绝不只是游山玩水，领略南方的繁华佳丽（不完全排除这一因素）。我想体察民风，俾知朝政之得失，是其缘由之一。他们真是做到了“深入群众”了，尤其是康熙。他们的关心民瘼，最终的目的，当然还是为了维持和巩固其统治。这也没有什么不好。他们知道，脱离人民，其统治是不牢固的。他们不只是坐在宫里看报告（奏折），要亲自下来走一走。关心民瘼，不止在嘴上说说，要动真感情。因此，我们在两三百年之后读这样的诗，还是很感动。

我希望我们的领导人也能读一点这样的诗。

诗用生字

《对床夜语》（宋范晞文撰）卷五：

诗用生字，自是一病，苟欲用之，要使一句之意，

> 尽于此字上见工，方为稳帖。如唐人“走月逆行云”“芙蓉抱香死”“笠卸晚峰阴”“秋雨慢琴弦”“松凉夏健人”，“逆”字、“抱”字、“卸”字、“慢”字、“健”字，皆生字也，自下得不觉。

此言是也。

前几年有几位很有才华的年轻的作家很注意在语言上下功夫，炼字炼句，刻意求工，往往用一些怪字，使人有生硬之感。有人说，这是炼得太过了。我原先也是这样想。最近想想，觉得不是炼得太过，而是炼得还不够。如果再炼炼，就会由生入熟，本来是生字，读起来却像是熟字，“自下得不觉”。

炼字可以临时炼，对着稿纸，反复琢磨，要找一个恰当而不俗的字。但更重要的是平时的“发现”。阿城的小说里写：老鹰在天上移来移去。这写得好。鹰在高空，全不见翅膀动，只是“移来移去”。这个感觉抓得很准。“炼”字，无非是抓到了一种感觉。一个作家所异于常人者，也无非是对“现象”更敏感些。阿城的“移来移去”的印象，我想是早就有了，不是对着稿纸苦思出来的。

最好还是用常见的字，使之有新意。姜白石说：“人所难言，我易言之，人所常言，我寡言之，自不俗。”我之所言，也还是人之所言，不是凭空杜撰出来的。“数峰清苦，商略黄昏雨”，此境人不易到，然而“清苦”“商略”，固是平常的话也。阿城的“移来移去”，“移”字也是平常的字。

毛泽东用乡音押韵

毛主席的诗词大体上押的是“平水韵”[①],《西江月·井冈山》是个例外。

山下旌旗在望，
山头鼓角相闻。
敌军围困万千重，
我自岿然不动。

早已森严壁垒，
更加众志成城。
黄洋界上炮声隆，
报道敌军宵遁。

这首词押的不是“平水韵”。当然也不是押的北方通俗韵文所用的“十三辙”。如果用听惯“十三辙”的耳朵来听，就会觉得不很协韵，“闻”“重”“动”“城”“隆”“遁”，怎么能算是一道韵呢？这不是“中东”“人辰”相混么？稍一琢磨，哦，这首词是照湖南话押的韵。照湖南话，“重”音 chen，“动”音 den，“城”音 chen，“隆”音 len，“遁”音 den，其韵尾都是 en，正是一道韵。用湖南话读起来会觉得非常和谐。在战争环境里，无韵书可查，毛主席用湖南话押韵大概是不知不觉的。

① “平水韵”原为金代官韵书，供科举考试之用，因为在平水刊行，故名。明清以来作“近体诗”者多以“平水韵”为依据，沿用至今。

毛西河说："词本无韵。"不是说词可以不押韵，而是说既没有官颁的韵书可遵循，也不像写北曲似的要以具有权威性的"中原音韵"为依据，可以比较自由。好像没有听说过谁编过一本"词韵"。张玉田谓："词以协律，当以口舌相调"，即只能靠读或唱起来的感觉来决定。既然如此，填词的人在笔下流出自己的乡音，便是很自然的事。

中国语音复杂，不可能定出一本全国通行，能够适合南北各地的戏曲、曲艺的"官韵"。北方戏、曲种大部分依照"十三辙"。但即是"十三辙"也很麻烦，山西话把"人辰"都读成了"中东"。京剧这两道辙也常相混，京剧演员，尤其是老生，认为"中东唱人辰，怎么唱也不丢人"。看来只有"以口舌相调"，凭感觉。现在写戏曲、曲艺，写新诗（如果押韵）乃至填词，只能用鲁迅主张的办法：押大致相同的韵。写"近体诗"的如果愿意恪守"平水韵"，自然也随便。

一九九〇年十月二十五日

注释

原载《鸭绿江》一九九一年第二期。

关于《受戒》

我没有当过和尚。

我的家乡有很多大大小小的庙。我的家乡没有多少名胜风景。我们小时候经常去玩的地方，便是这些庙。我们去看佛像，看释迦牟尼和他两旁的侍者（有一个侍者岁数很大了，还老那么站着，我常为他不平）。看降龙罗汉、伏虎罗汉、长眉罗汉。看释迦牟尼的背后塑在墙壁上的“海水观音”。观音站在一个鳌鱼的头上，四周都是卷着漩涡的海水。我没有见过海，却从这一壁泥塑上听到了大海的声音。一个中小城市的寺庙，实际上就是一个美术馆，它同时又是一所公园。庙里大都有广庭、大树、高楼。我到现在还记得走上吱吱作响的楼梯，踏着尘土上印着清晰的黄鼠狼足迹的楼板时心里的轻微的紧张，记得凭栏一望后的畅快。

我写的那个善因寺是有的。我读初中时，天天从寺边经过。寺里放戒，一天去看几回。

我小时就认识一些和尚。我曾到一个人迹罕至的小庵里，去看过一个戒行严苦的老和尚。他年轻时曾在香炉里烧掉自己的两个指头，自号八指头陀。我见过一些阔和尚，那些大庙里的方丈。他们大都衣履讲究（讲究到令人难以相信），相貌堂堂，谈吐不俗，比县里的许多绅士还显得更有文化。事实上他们就是这个县的文化人。我写的那个石桥是有那么一个人的（名字我给他改了）。他能写能画，画法任伯年，书学吴昌硕，都很有可观。我们还常常走过门外，去看他那个小老婆，长得像一穗兰花。

我也认识一些以念经为职业的普通和尚。我们家常做法事。我因为是长子，常在法事的开头和当中被叫去磕头；法事完了，在他们脱下袈裟，互道辛苦之后（头一次听见他们互相道“辛苦”，我颇为感动，原来和尚之间也很讲人情，不是那样冷淡），陪他们一起喝粥或者吃挂面。这样我就有机会看怎样布置道场，翻看他们的经卷，听他们敲击法器，对着经本一句一句地听正座唱“叹骷髅”（据说这一段唱词是苏东坡写的）。

我认为和尚也是一种人，他们的生活也是一种生活，凡作为人的七情六欲，他们皆不缺少，只是表现方式不同而已。

一个偶然的机会，我在一个乡下的小庵里住了几个月，就住在小说里所写的“一花一世界”那几间小屋里。庵名我已经忘记了，反正不叫菩提庵。菩提庵是我因为小门上有那样一副对联而给它起的。“一花一世界”，我并不大懂，只是朦朦胧胧地感到一种哲学的美。我那时也就是明海那样的年龄，十七八岁，能懂什么呢。

庵里的人，和他们的日常生活，也就是我所写的那样。明海是没有的。倒是有一个小和尚，人相当蠢，和明海不一样。至于当家和尚拍着板教小和尚念经，则是我亲眼得见。

这个庄是叫庵赵庄。小英子的一家，如我所写的那样。这一家，人特别的勤劳，房屋、用具特别的整齐干净，小英子眉眼的明秀，性格的开放爽朗，身体姿态的优美和健康，都使我留下难忘的印象，和我在城里所见的女孩子不一样。她的全身，都发散着一种青春的气息。

我一直想写写在这小庵里所见到的生活，一直没有写。

怎么会在四十三年之后，在我已经六十岁的时候，忽然会写出这样一篇东西来呢？这是说不明白的。要说明一个作者怎样孕育一篇作品，就像要说明一棵树是怎样开出花来的一样的困难。

理智地想一下，因由也是有一些的。

一是在这以前，我曾经忽然心血来潮，想起我在三十二年前写的，久已遗失的一篇旧作《异秉》，提笔重写了一遍。写后，想：是谁规定过，解放前的生活不能反映呢？既然历史小说都可以写，为什么写写旧社会就不行呢？今天的人，对于今天的生活所过来的那个旧的生活，就不需要再认识认识吗？旧社会的悲哀和苦趣，以及旧社会也不是没有的欢乐，不能给今天的人一点什么吗？这样，我就渐渐回忆起四十三年前的一些旧梦。当然，今天来写旧生活，和我当时的感情不一样，正如同我重写过的《异秉》和三十二年前所写的感情也一定不会一样。四十多年前的事，我是用一个八十年代的人的感情来写的。《受戒》的产生，是我这样一个八十年代的中国人的各种感情的一个总和。

二是前几个月，因为我的老师沈从文要编他的小说集，我又一次比较集中、比较系统地读了他的小说。我认为，他的小说，他的小说里的人物，特别是他笔下的那些农村的少女，三三、夭夭、翠翠，是推动我产生小英子这样一个形象的一种很潜在的因素。这一点，是我后来才意识到的。在写作过程中，一点也没有察觉，大概是有关系的。我是沈先生的学生。我曾问过自己：这篇小说像什么？我觉得，有点像《边城》。

三是受了百花齐放的气候的感召。

试想一想：不用说“十年浩劫”，就是“十七年”，我会写出这样一篇东西么？写出了，会有地方发表么？发表了，会有人没有顾虑地表示他喜欢这篇作品么？都不可能的。那么，我就觉得，我们的文艺的情况真是好了，人们的思想比前一阵解放得多了。百花齐放，蔚然成风，使人感到温暖。虽然风的形成是曲曲折折的（这种曲折的过程我不大了解），也许还会乍暖还寒，但是我想不会。我为此，为我们这个国家，感到高兴。

这篇小说写的是什么？我在大体上有了一个设想之后，曾和个别同志谈过。“你为什么要写这样一篇东西呢？”当时我没有回答，只是带着一点激动说：“我要写！我一定要把它写得很美，很健康，很有诗意！”写成后，我说：“我写的是美，是健康的人性。”美，人性，是任何时候都需要的。

人们都说，文艺有三种作用：教育作用、美感作用和认识作用。是的。我承认有的作品有更深刻或更明显的教育意义。但是我希望不要把美感作用和教育作用截然分开，甚至对立起来，不要把教育作用看得太狭窄（我历来不赞成单纯娱乐性的文艺这种提法），那样就会导致题材的单调。美感作用同时也是一种教育作用。美育嘛。这两年重提美育，我认为是很有必要的。这是医治民族的创伤，提高青年品德的一个很重要的措施。我们的青年应该生活得更充实，更优美，更高尚。我甚至相信，一个真正能欣赏齐白石和柴可夫斯基的青年，不大会成为一个打砸抢分子。

我的作品的内在情绪是欢乐的。我们有过各种创伤，但是我们今天应该快乐。一个作家，有责任给予人们一份快乐，尤其是今天（请不要误会，我并不反对写悲惨的故事）。我在写出这个作品之后，原本也是有顾虑的。我说过：发表这样的作品是需要勇气的。但是我到底还是拿出来了，我还有一点自信。我相信我的作品是健康的，是引人向上的，是可以增加人对于生活的信心的，这至少是我的希望。

也许会适得其反。

我们当然是需要有战斗性的，描写具有丰富的人性的现代英雄的，深刻而尖锐地揭示社会的病痛并引起疗救的注意的悲壮、宏伟的作品。悲剧总要比喜剧更高一些。我的作品不是，也不可能成为主流。

我从来没有说过关于自己作品的话。一个不长的短篇，也没有多少可说的话。《小说选刊》的编者要我写几句关于《受戒》的话，我就写了这样一些。写得不短，而且那样的直率，大概我的性格在变。

很多人的性格都在变。这好。

注释

原载《小说选刊》一九八一年第二期。

《大淖记事》是怎样写出来的

一个作品写出来了，作者要说的话都说了。为什么要写这个作品，这个作品是怎么写出来的，都在里面。再说，也无非是重复，或者说些题外之言。但是有些读者愿意看作者谈自己作品的文章，——回想一下，我年轻时也喜欢读这样的文章，以为比读评论更有意思，也更实惠，因此，我还是来写一点。

大淖是有那么一个地方的。不过，我敢说，这个地方是由我给它正了名的。去年我回到阔别了四十余年的家乡，见到一位初中时期教过我国文的张老师，他还问我："你这个淖字是怎样考证出来的？"我们小时做作文、记日记，常常要提到这个地方，而苦于不知道该怎样写。一般都写作“大脑”，我怀疑之久矣。这地方跟人的大脑有什么关系呢？后来到了张家口坝上，才恍然大悟：这个字原来应该这样写！坝上把大大小小的一片水都叫作“淖儿”。这是蒙古话。坝上内蒙古人多，很多地名都是蒙古话。后来到内蒙古走过不少叫作“淖儿”的地方，越发证实了我的发现。我的家乡话没有儿化字，所以径称之为“淖”。至于“大”，是状语。“大淖”是一半汉语，一半蒙古语，两结合。我为什么念念不忘地要去考证这个字，为什么在知道淖字应该怎么写的时候，心里觉得很高兴呢？是因为我很久以前就想写写大淖这地方的事。如果写成“大脑”，在感情上是很不舒服的。——三十多年前我写的一篇小说里提到大淖这个地方，为了躲开这个“脑”字，只好另外改变了一个说法。

我去年回乡，当然要到大淖去看看。我一个人去走了几次。大淖已经几乎完全变样了。一个造纸厂把废水排到这里，淖里是一片铁锈颜色的浊流。我的家人告诉我，我写的那个沙洲现在是一个种鸭场。我对着一片红砖的建筑（我的家乡过去不用红砖，都是青砖），看了一会儿。不过我走过一些依河而筑的不整齐的矮小房屋，一些才可通人的曲巷，觉得还能看到一些当年的痕迹。甚至某一家门前的空气特别清凉，这感觉，和我四十年前走过时也还是一样。

我的一些写旧日家乡的小说发表后，我的乡人问过我的弟弟：“你大哥是不是从小带一个本本，到处记？——要不他为什么能记得那么清楚呢？”我当然没有一个小本本。我那时才十几岁，根本没有想到过我日后会写小说。便是现在，我也没有记笔记的习惯。我的笔记本上除了随手抄录一些所看杂书的片断材料外，只偶尔记下一两句只有我自己看得懂的话，——一点印象，有时只有一个单独的词。

小时候记得的事是不容易忘记的。

我从小喜欢到处走，东看看，西看看（这一点和我的老师沈从文有点像）。放学回来，一路上有很多东西可看。路过银匠店，我走进去看老银匠在模子上敲打半天，敲出一个用来钉在小孩的虎头帽上的小罗汉。路过画匠店，我歪着脑袋看他们画“家神菩萨”或玻璃油画福禄寿三星。路过竹厂，看竹匠把竹子一头劈成几杈，在火上烤弯，做成一张一张草筢子……多少年来，我还记得从我的家到小学的一路每家店铺、人家的样子。去年回乡，一个亲戚请我喝酒，我还能清清楚楚把他家原来的布店的店堂里的格局描绘出来，背得出白色的屏门上用蓝漆写的一副对子。这使他大为惊奇，连说：“是的是的。”也许是这种东看看西看看的习惯，使我后来成了一个“作家”。

我经常去“看”的地方之一，是大淖。

大淖的景物，大体就是像我所写的那样。居住在大淖附近的人，看了我的小说，都说“写得很像”。当然，我多少把它美化了一点。比如大淖的东边有许多粪缸（巧云家的门外就有一口很大的粪缸），我写它干什么呢？我这样美化一下，我的家乡人是同意的。我并没有有闻必录，是有所选择的。大淖岸上有一块比通常的碾盘还要大得多的扁圆石头，人们说是“星”——陨石，因与故事无关，我也割爱了（去年回乡，这个“星”已经不知搬到哪里去了）。如果写这个“星”，就必然要生出好些文章。因为它目标很大，引人注目，结果又与人事毫不相干，岂非“冤”了读者一下？

小锡匠那回事是有的。像我这个年龄的人都还记得。我那时还在上小学，听说一个小锡匠因为和一个保安队的兵的“人”要好，被保安队打死了，后来用尿碱救过来了。我跑到出事地点去看，只看见几只尿桶。这地方是平常日子也总有几只尿桶放在那里的，为了集尿，也为了方便行人。我去看了那个“巧云”（我不知道她的真名叫什么），门半掩着，里面很黑，床上坐着一个年轻女人，我没有看清她的模样，只是无端地觉得她很美。过了两天，就看见锡匠们在大街上游行。这些，都给我留下很深的印象，使我很向往。我当时还很小，但我的向往是真实的。我当时还不懂“高尚的品质、优美的情操”这一套，我有的只是一点向往。这点向往是朦胧的，但也是强烈的。这点向往在我的心里存留了四十多年，终于促使我写了这篇小说。

大淖的东头不大像我所写的一样。真实生活里“巧云”的父亲也不是挑夫。挑夫聚居的地方不在大淖而在越塘。越塘就在我家巷子的尽头。我上小学、初中时每天早晨、傍晚都要经过那里。星期天，去钓鱼。暑假时，夹了一个画夹子去写生。这地方我非常熟。挑夫的生活就像我所写的那样。街里的人对挑夫是看不起的，称之为“挑箩把担的”。便是现在，也还有这个说法。但是我真的从小没有对他们轻视过。

越塘边有一个姓戴的轿夫，得了血丝虫病——象腿病。抬轿子的得了这种最不该得的病，就算完了，往后的日子还怎么过呢？他的老婆，我每天都看见，原来是个有点邋遢的女人，头发黄黄的，很少有梳得整齐的时候，她大概身体不太好，总不大有精神。丈夫得了这种病，她怎么办呢？有一天我看见她，真是焕然一新！她完全变成了另外一个人，头发梳得光光的，衣服很整齐，显得很挺拔，很精神。尤其使我惊奇的，是她原来还挺好看。她当了挑夫了！一百五十斤的担子挑起来嚓嚓地走，和别的男女挑夫走在一列，比谁也不弱。

这个女人使我很惊奇。经过四十多年，神使鬼差，终于使我把她的品行性格移到我原来所知甚少的“巧云”身上（挑夫们因此也就搬了家）。这样，原来比较模糊的巧云的形象就比较充实，比较丰满了。

这样，一篇小说就酝酿成熟了。我的向往和惊奇也就有了着落。至于这篇小说是怎样写出来的，那真是说不清，只能说是神差鬼使，像鲁迅所说“思想中有了鬼似的”。我只是坐在沙发里东想想，西想想，想了几天，一切就比较明确起来了，所需用的语言、节奏也就自然形成了。一篇小说已经有在那里，我只要把它抄出来就行了。但是写出来的契因，还是那点向往和那点惊奇。我以为没有那么一点东西是不行的。

各人的写作习惯不一样。有人是一边写一边想，几经改删，然后成篇。我是想得相当成熟了，一气写成。当然在写的过程中对原来所想的还会有所取舍，如刘彦和所说：“殆乎篇成，半折心始。”也还会写到那里，涌出一些原来没有想到的细节，所谓“神来之笔”，比如我写到“十一子微微听见一点声音，他睁了睁眼。巧云把一碗尿碱汤灌进了十一子的喉咙”之后，忽然写了一句：

不知道为什么，她自己也尝了一口。

这是我原来没有想到的。只是写到那里，出于感情的需要，我迫切地要写出这一句（写这一句时，我流了眼泪）。我的老师沈从文教我们写作，常说“要贴到人物来写”，很多人不懂他这句话。我的这一个细节也许可以给沈先生的话作一注脚。在写作过程中要随时紧紧贴着人物，用自己的心，自己的全部感情。什么时候自己的感情贴不住人物了，大概人物也就会“走”了，飘了，不具体了。

几个评论家都说我是一个风俗画作家。我自己原来没有想过。我是很爱看风俗画的。十六七世纪的荷兰画派的画，日本的浮世绘，中国的《货郎图》《踏歌图》……我都爱看。讲风俗的书，《荆楚岁时记》《东京梦华录》《一岁货声》……我都爱看。我也爱读竹枝词。我以为风俗是一个民族集体创作的生活抒情诗。我的小说里有些风俗画成分，是很自然的。但是不能为写风俗而写风俗。作为小说，写风俗是为了写人。有些风俗，与人的关系不大，尽管它本身很美，也不宜多写。比如大淖这地方放过荷灯，那是很美的。纸制的荷花，当中安一段浸了桐油的纸捻，点着了，七月十五的夜晚，放到水里，慢慢地漂着，经久不熄，又凄凉又热闹，看的人疑似离开真实生活而进入一种缥缈的梦境。但是我没有把它写入《记事》，——除非我换一个写法，把巧云和十一子的悲喜和放荷灯结合起来，成为故事不可缺少的部分，像沈先生在《边城》里所写的划龙船一样。这本是不待言的事，但我看了一些青年作家写风俗的小说，往往与人物关系不大，所以在这里说一句。

对这篇小说的结构，有两种不同的意见。一种以为前面（不是直接写人物的部分）写得太多，有比例失重之感。另一种意见，以为这篇小说的特点正在其结构，前面写了三节，都是记风土人情，第四节才出现人物。我于此有说焉。我这样写，自己是意识到的。所以一开头着重写环境，是因为“这里的一切和街里不一样”，“这里的人也不一样。他们的生活，他们的风俗，他们的是非标准、伦理道德观念和街里的穿长衣念过‘子曰’的人完全不同”。只有在这样的环境里，才有可能出现这样的人和事。有个青年作家说:“题目是《大淖记事》，不是《巧云和十一子的故事》，可以这样写。”我倾向同意她的意见。

我的小说的结构并不都是这样的。比如《岁寒三友》，开门见山，上来就写人。我以为短篇小说的结构可以是各式各样的。如果结构都差不多，那也就不成其为结构了。

一九八二年五月二十六日

注释

原载《读书》一九八二年第八期。

谈谈风俗画

有几位评论家都说我的小说里有风俗画。这一点是我原来没有意识到的。经他们一说，我想想倒是有的。有一位文学界的前辈曾对我说："你那种写法是风俗画的写法。"并说这种写法很难。风俗画的写法是怎样一种写法？这种写法难么？我不知道。有人干脆说我是一个风俗画作家……

我是很爱看风俗画的。十七世纪荷兰学派的画，日本的浮世绘，我都爱看。中国风俗画的传统很久远了。汉代的很多画像石刻、画像砖都画（刻）了迎宾、饮宴、耍杂技——倒立、弄丸、弄飞刀……有名的说书俑，滑稽中带点愚蠢，憨态可掬，看了使人不忘。

晋唐的画虽以宗教画、宫廷画为大宗，但这当中也不是没有风俗画，敦煌壁画中的杰作《张义潮出巡图》就是。墓葬中笔致粗率天真的壁画，也多涉及当时的风俗。宋代风俗画似乎特别地流行，《清明上河图》是一个突出的例子。我看这幅画，能够一看看半天。我很想在清明那天到汴河上去玩玩，那一定是非常好玩的。南宋的画家也多画风俗。我从马远的《踏歌图》知道"踏歌"是怎么回事，从而增加了对"桃花潭水深千尺，不及汪伦送我情"的理解。这种"踏歌"的遗风，似乎现在朝鲜还有。我也很爱李嵩、苏汉臣的《货郎图》，它让我知道南宋的货郎担上有那么多卖给小孩子们的玩意儿，真是琳琅满目，都蛮有意思。元明的风俗画我所知甚少。清朝罗雨峰的《鬼趣图》可以算是风俗画。幸好这时兴起了年画。杨柳青、桃花坞的年画大部分都是风俗画，连不画人物只画动物的也都是，如《老鼠嫁女》。我很喜欢这张画，如鲁迅先生所说，所有俨然穿着人的衣冠的鼠类都尖头尖脑的，非常有趣。陈师曾等人都画过北京市井的生活。风俗画的雕塑大师是"泥人张"的创造人张明山。他的《钟馗嫁妹》《大出丧》是近代风俗画的不朽名作。

我也爱看讲风俗的书。从《荆楚岁时记》直到清朝人写的《一岁货声》之类的书都爱翻翻。还是上初中的时候，一年暑假，我在祖父的尘封的书架上发现了一套巾箱本木活字聚珍版的丛书，里面有一册《岭表录异》，我就很感兴趣地看起来，后来又看了《岭外代答》。从此就对讲地理的书、游记，产生了一种嗜好。不过我最有兴趣的是讲风俗民情的部分，其次是物产，尤其是吃食。对山川疆域，我看不进去，也记不住。宋元人笔记中有许多是记风俗的，《梦溪笔谈》《容斋随笔》里有不少条记各地民俗，都写得很有趣。明末的张岱特长于记述风物节令，如记西湖七月半、泰山进香，以及为祈雨而赛水浒人物，都极生动。虽然难免有鲁迅先生所说的夸张之处，但是绘形绘声，详细而不琐碎，实在很叫人向往。我也很爱读各地的竹枝词，尤其爱读作者自己在题目下面或句间所加的注解。这些注解常比本文更有情致。我放在手边经常看看的一本书是古典文学出版社出的《东京梦华录》（外四种——《都城纪胜》《西湖老人繁胜录》《梦粱录》《武林旧事》）。这样把记两宋风俗的书汇为一册，于翻检上极便，是值得感谢的，只是断句断错的地方太多。这也难怪。有一位历史学家就说过《东京梦华录》是一本难读的书。因为对当时的情形和语言不明白，所以不好断句。

我对风俗有兴趣，是因为我觉得它很美。我曾经在一篇文章里说过："我以为风俗是一个民族集体创作的生活抒情诗。"（《〈大淖记事〉是怎样写出来的》）这是一句随便说说的话，没有任何学术意义。但也不是一点道理没有。我以为，风俗，不论是自然形成的，还是包含一定的人为成分（如自上而下的推行）的，都反映了一个民族对生活的挚爱，对"活着"所感到的欢悦。他们把生活中的诗情用一定的外部形式固定下来，并且相互交流，融为一体。风俗中保留了一个民族的常绿的童心，并对这种童心加以圣化。风俗使一个民族永不衰老。风俗是民族感情的重要的组成部分。斯大林把民族感情列为民族的要素之一。民族感情是抽象的，看不见摸不着，但它确实存在着。民族感情常常体现在风俗中。风俗，是具体的。一种风俗对维系民族感情的作用是不可估量的，如那达慕、刁羊、麦西来甫、三月街……

所谓风俗，主要指仪式和节日。仪式即"礼"。礼这个东西，未可厚非。据说辜鸿铭把中国的“礼”翻译成英语时，译为“生活的艺术”。这传闻不知是否可靠，但却很有意思。礼是具有艺术性的，很好玩的，假如我们抛开其中迷信和封建的内核，单看它的形式。礼，包括婚礼和丧礼。很多外国的和中国少数民族的民间舞蹈常常以“××人的婚礼”作题目，那是在真实的婚礼的基础上加工而成的。结婚，对一个少女来说，意味着迈进新的生活，同时也意味着向过去的一切告别了。因此，这一类的舞蹈大都既有喜悦，又有悲哀，混合着复杂的感情，其动人处，也在此。中国西南几个民族都有“哭嫁”的习俗。临嫁的姑娘要把要好的姊妹约来哭（唱）一夜，甚至几夜。那歌词大都是充满了真情，很美的。我小时候最爱参加丧礼，不管是亲戚家还是自己家的。我喜欢那种平常没有的“当大事”的肃穆的气氛，所有的人好像一下子都变得高雅起来，多情起来了，大家都像在演戏，扮演一种角色，很认真地扮演着。我喜欢“六七开吊”，那是戏的顶点。我们那里开吊那天要“点主”。点主，就是在亡人的牌位上加一点。白木的牌位上事先写好了某某人之“神王”，要在王字上加一点，这才成了“神主”。点主不是随随便便点的，很隆重。要请一位有功名的老辈人来点。点主的人就位后，礼生喝道：“凝神，想象，请加墨主！”点主人用一支新墨笔在“王”字上点一点；然后，再：“凝神，想象，请加朱主！”点主人再用朱笔点一点，把原来的墨点盖住。这样，那个人的魂灵就进了这块牌位了。“凝神，想象”，这实在很有点抒情的意味，也很有戏剧性。我小时看点主，很受感动，至今印象很深。

至于节日，那更不用说了。试想一下，如果没有那样多的节，我们的童年将是多么贫乏，多么缺乏光彩呀。日本人对传统的节日非常重视。多么现代化的大企业，到了盂兰盆节这一天，也要停产放假，举行集体的游乐活动。这对于培养和增强民族的自信，无疑是会有好处的。

风俗，仪式和节日，是历史的产物，它必然是要消亡的。谁也不会提出恢复所有的传统的风俗，但是把它们记录下来，给现在的和将来的人看看，是有着各方面的意义的。我很希望中国民俗学会能编出两本书，一本《中国婚丧礼俗》，一本《中国的节日》。现在着手，还来得及。否则，到了“礼失而求诸野”，要到穷乡僻壤去访问搜集，就费事了。

为什么要在小说里写进风俗画？前已说过，我这样做原是无意的。只是因为我的相当一部分小说是写我的家乡的，写小城的生活，平常的人事，每天都在发生，举目可见的小小悲欢，这样，写进一点风俗，便是很自然的事了。“人情”和“风土”原是紧密关联的。写一点风俗画，对增加作品的生活气息、乡土气息，是有帮助的。风俗画和乡土文学有着血缘关系，虽然二者不是一回事。很难设想一部富于民族色彩的作品而一点不涉及风俗。鲁迅的《故乡》《社戏》，包括《祝福》，是风俗画的典范。《朝花夕拾》每篇都洋溢着罗汉豆的清香。沈从文的《边城》如果不是几次写到端午节赛龙船，便不会有那样浓郁的色彩。“风俗画小说”，在一般人的概念里，不是一个贬词。

风俗画小说的文体几乎都是朴素的。风俗本身是自自然然的。记述风俗的书原来不过是聊资谈助，大都是随笔记之，不事雕饰。幽兰居士孟元老《东京梦华录序》云：“此录语言鄙俚，不以文饰者，盖欲上下通晓耳，观者幸详焉。”用华丽的文笔记风俗的人好像还很少。同样，风俗画小说所记述的生活也多是比较平实的，一般不太注重强烈的戏剧化的情节。写风俗而又富于浪漫主义的戏剧性的情节的，似乎只有梅里美一人。但他所写的往往是异乡的奇俗（如世代复仇），而且通常是不把梅里美列在风俗画作家范围内的。风俗画小说，在本质上是现实主义的。

记风俗多少有点怀旧，但那是故国神游，带抒情性，并不流于伤感。风俗画给予人的是慰藉，不是悲苦。就我所见过的风俗画作品来看，调子一般不是低沉的。

小说里写风俗，目的还是写人。不是为写风俗而写风俗，那样就不是小说，而是风俗志了。风俗和人的关系，大体有这样三种：

一种是以风俗作为人的背景。

一种是把风俗和人结合在一起，风俗成为人的活动和心理的契机。比如：

> 去年元夜时，
> 花市灯如昼，
> 月上柳梢头，
> 人约黄昏后。

又如苏北民歌《探妹》：

> 正月里探妹正月正，
> 我带小妹子看花灯，
> 看灯是假的，
> 妹子呀，试试你的心。

《边城》几次写端午节赛龙船，和翠翠的情绪的发育和感情的变化是紧紧扣在一起的，并且是情节发展不可缺少的纽带。

也有时，看起来是写风俗，实际上是在写人。我的小说里写风俗占篇幅最长的大概是《岁寒三友》里描写放焰火的一段。因为这篇小说见到的人不是很多，我把这一段抄录在下面：

> 这天天气特别好。万里无云，一天皓月。阴城的正中，立起一个四丈多高的架子。有人早早吃了晚饭，就扛了板凳来等着了。各种卖小吃的都来了。卖牛肉高粱酒的，卖回卤豆腐干的，卖五香花生米的、芝麻灌香糖的，卖豆腐脑的，卖煮荸荠的，还有卖河鲜——卖紫皮鲜菱角和新剥鸡头米的……到处是"气死风"的四角玻璃灯，到处是白蒙蒙的热气、香喷喷的茴香八角气味。人们寻亲访友，说短道长，来来往往，亲亲热热，阴城的草都被踏倒了。人们的鞋底也叫秋草的浓汁磨得滑溜溜的。
>
> 忽然，上万双眼睛一齐朝着一个方向看。人们的眼睛一会儿睁大，一会儿眯细；人们的嘴一会儿张开，一会儿又合上；一阵阵叫喊，一阵阵欢笑，一阵阵掌声。——陶虎臣点着了焰火了。

（中间还有一段具体描写几种焰火的，文长不录）

> ……火光炎炎，逐渐消隐，这时才听到人们呼唤：
>
> "二丫头，回家咧！"
>
> "四儿，你在哪儿哪？"
>
> "奶奶，等等我，我鞋掉了！"
>
> 人们摸摸板凳，才知道：呀，露水下来了。

这里写的是风俗，没有一笔写人物，但是我自己知道笔笔都着意写人，写的是焰火的制造者陶虎臣。我是有意在表现人们看焰火时的欢乐热闹气氛中表现生活一度上升时期陶虎臣的愉快心情，表现用自己的劳作为人们提供欢乐，并于别人的欢乐中感到欣慰的一个善良人的品格的。这一点，在小说里明写出来，也是可以的，但是我故意不写，我把陶虎臣隐去了，让他消融在欢乐的人群之中。我想读者如果感觉到看焰火的热闹和欢乐，也就会感觉到陶虎臣这个人。人在其中，却无觅处。

写风俗，不能离开人，不能和人物脱节，不能和故事情节游离。写风俗不能流连忘返，收不到人物的身上。

风俗画小说是有局限性的。一是风俗画小说往往只就人事的外部加以描写，较少刻画人物的内心世界，不大作心理描写，因此人物的典型性较差。二是，风俗画一般是清新浅易的，不大能够概括十分深刻的社会生活内容，缺乏历史的厚度，也达不到史诗一样的恢宏的气魄。因此，风俗画小说常常不能代表一个时代的文学创作的主流。这一点，风俗画小说作者应该有自知之明，不要因为自己的作品没有受到重视而气愤。

因此，我希望自己，也希望别人，不要只是写风俗画。并且，在写风俗画小说时也要有所突破，向生活的深度和广度掘进和开拓。

一九八四年一月二十二日

注释

原载《钟山》一九八四年第三期。

我的家

十年前我回了一次家乡，一天闲走，去看了看老家的旧址，发现我们那个家原来是不算小的。我家的大门开在科甲巷（不知道为什么这条巷子起了这么个名字，其实这巷里除了我的曾祖父中过举人，我的祖父中过拔贡外，没有别的人家有过功名），而在西边的竺家巷有一个后门。我的家即在这两条巷子之间。临街是铺面。从科甲巷口到竺家巷口，计有这么几家店铺：一家豆腐店，一家南货店，一家烧饼店，一家棉席店，一家药店，一家烟店，一家糕店，一家剃头店，一家布店。我们家在这些店铺的后面，占地多少平方米我不知道，但总是不小的，住起来是相当宽敞的。

这所老宅子分作东西两截，或两区。东边住着祖父母（我们叫“太爷”“太太”）和大房——大伯父一家。西边是二房（我的二伯母）和三房——我父亲的一家。东西地势相差约有三尺，由东边到西边要上几层台阶。

东边正屋的东边的套间住着太爷、太太，西边是大伯父和大伯母（我们叫“大爷”“大妈”）。当中是一个堂屋，因为敬神祭祖都在这间堂屋里，所以叫作“正堂屋”。正堂屋北面靠墙是一个很大的“老爷柜”，即神案，但我们那里都叫作“老爷柜”，这东西也确实是一个很长的大柜，当中和两边都有抽屉，下面还有钉了铜环的柜门。老爷柜上，当中供的是家神菩萨，左边是文昌帝君神位，右边是祖宗龛——一个细木雕琢的像小庙一样的东西，里面放着祖宗的牌位——神主。这正堂屋大概是我的曾祖父手里盖的，因为两边板壁上贴着他中秀才、中举人的报条。有年头了。原来大概是相当恢宏的。庭柱很粗，是“布灰布漆”的——木柱外涂瓦灰，裹以夏布，再施黑漆。到我记事时漆灰有

运河夕照

多处已经剥落。这间老堂屋的铺地的箩底砖（方砖）的边角都磨圆了，而且特别容易返潮。天将下雨，砖地上就是潮乎乎的。若遇连阴天，地面简直像涂了一层油，滑的。我很小就知道“础润而雨”。用不着看柱础，从正堂屋砖地，就知道雨一时半会儿晴不了。一想到正堂屋，总会想到下雨，有时接连下几天，真是烦人。雨老不停，我的一个堂姐就会剪一个纸人贴在墙上，这纸人一手拿着簸箕，一手拿笤帚，风一吹，就摇动起来，叫“扫晴娘”。也真奇怪，扫晴娘扫了一天，第二天多少会放晴。

这间正堂屋的用处是：过年时敬神，清明祭祖。祭祖时在正中的方桌上放一大碗饭，这碗特别的大，有一个小号洗脸盆那样大，很厚，是白色的古瓷的，除了祭祖装饭外，不做别的用处。饭压得很实，鼓起如坟头，上面插了好多双红漆的筷子。筷子插多少双，是有定数的，这事总是由我的祖母做。另有四样祭菜。有一盘白切肉，一盘方块粉——绿豆粉，切成名片大小，三分厚。这方块粉在祭祖后分给两房。这粉一点味道都没有，实在不好吃，所以我一直记得。其余两样祭菜已无印象。十月朝（旧历十月初一）“烧包子”，即北方的“送寒衣”。一个一个纸口袋，内装纸钱，包上写明各代考妣冥中收用，一袋一袋排在祭桌前，下面铺一层稻草。磕头之后，由大爷点火焚化。每年除夕，要在这方桌上吃一顿团圆饭。我们家吃饭的制度是：一口锅里盛饭，大房、三房都吃同一锅饭，以示并未分家；菜则各房自炒，又似分爨。但大年三十晚上，祖父和两房男丁要同桌吃一顿。菜都是太太手制的。照例有一大碗鸭羹汤。鸭丁、山药丁、慈姑丁合烩。这鸭羹汤很好吃，平常不做，据说是徽州做法。我们的老家是徽州（姓汪的很多人的老家都是徽州），我们家有些菜的做法还保持徽州传统。比如肉丸蘸糯米蒸熟，有些地方叫珍珠丸子或蓑衣丸子，我们家则叫“徽团”。

我对大堂屋有一点特殊的记忆，是我曾在这里当过一回孝子。我的二伯父（二爷）死得早，立嗣时经过一番讨论。按说应该由长房次子，我的堂弟曾炜过继，但我的二伯母（二妈）不同意，她要我，因为她和我的生母感情很好，从小喜欢我。我是次房长子，长子过继，不合古理。后来是定了一个折中方案，曾炜和我都过继给二妈，一个是“派继”，一个是“爱继”。二妈死后，娘家提了一些条件，一是指定要用我的祖父的寿材盛殓。太爷五十岁时就打好了寿材，逐年加漆，漆皮已经很厚了。因为二妈是年轻守节，娘家提出，不能不同意。一是要在正堂屋停灵，也只好同意了（本来上有老人，是不该在正屋停灵的）。我和曾炜于是履行孝子的职责。亲视含殓（围着棺材走一圈），戴孝披麻，一切如制。最有意思的是逢七的时候得陪张牌李牌吃饭。逢七，鬼魂要回来接受烧纸，由两个鬼役送回来。这两个鬼役即张牌李牌。一个较大的方杌凳，两副筷子，一碟白肉，一碟豆腐，两杯淡酒。我和曾炜各用一个小板凳陪着坐一会儿。陪鬼役吃饭，我还是头一回。六七开吊，我是孝子一直在场，所以能看到全部过程。家里办丧事，气氛和平常全不一样，所有的人都变得庄严肃穆起来。开吊像是演一场戏，大家都演得很认真。“初献”“亚献”“终献”，有条不紊，节奏井然。最后是“点主”。点主要一个功名高的人。给我的二伯母点主的是一个叫李芳的翰林，外号李三麻子。“点主”是在神主上加点。神主（木制小牌位）事前写好“× 孺人之神王”，李三麻子就位后，礼生喝道：“凝神，想象，请加墨主。”李三麻子拈起一支新笔在“王”字上加一墨点。礼生再赞：

"凝神，想象，请加朱主。"李三麻子用朱笔在墨点上加一点。这样死者的魂灵就进入神主了。我对"凝神，想象"印象很深，因为这很有点诗意。其实李三麻子对我的二伯母无从想象，因为他根本没有见过我的二伯母。

正堂屋对面，隔一个天井，是穿堂。

穿堂对面原来有一排三开间的房子，是我的叔曾祖父的一个老姨太太住的。房子很旧了，屋顶上长了很多瓦松，隔扇上糊的白纸都已成了灰色。这位老姨太太多年衰病，总是躺着。这一排房子里听不到一点声音，非常寂静，只有这位老姨太太的女儿——我们叫她小姑奶奶，带着孩子来住一阵，才有一点活气。

老姨太太死了，她没有儿子，由我一个叔祖父过继给她。这位叔祖父行六，我们叫他六太爷。这是个很有风趣的人，很喜欢孩子。老姨太太逢七，六太爷要来守灵烧纸。烧了纸，他弄一壶酒，慢慢喝着，给孩子讲故事——说书，说"大侠甘凤池"，一直说到深夜。因此，我们总是盼着老姨太太逢七。

祖父过六十岁的头年，把东边的房屋改建了一下。正堂屋没动。穿堂加大了。老姨太太原来住的一排房子拆了，盖了一个"敞厅"。房屋翻盖的情况我还记得，先由瓦匠头、木匠头挖出整整齐齐的一方土，供在老爷柜上。破土后，请全体瓦木匠在正堂屋吃一次饭。这顿饭的特别处是有一碗泥鳅，泥鳅我们家是不进门的，但是请瓦木匠必得有这道菜，这是规矩。我觉得这规矩对瓦木匠颇有嘲讽意味。接着是上梁竖柱，放鞭炮，撒糕馒，如式。

敞厅的特点是敞，很宽敞。盖得后，祖父的六十大寿在这里布置过寿堂，宴过客，此外就没有怎么用过，平常总是空着。我的堂姐姐有时把两张方桌拼起来，在上面缝被子。

敞厅对面，一道砖墙之外，是花园。花园原来没有园名，祖父命之曰“民圃”，因为他字铭甫，取其谐音。我父亲选了两块方砖，刻了“民圃”两个小篆，嵌在一个六角小门的额上。但是我们还是叫它花园，不叫民圃。祖父六十大寿时自撰了一副长联，末署“民圃叟六十自寿”，“民圃”字样也只在长联里出现过，别处没有用过。

西边半截的房屋大概是祖父手里盖的，格局较小，主要房屋只是两个堂屋，上堂屋和下堂屋。

上堂屋两边的套间，东侧是三房，西侧是二房。

我的二伯父早逝，我没有见过。他房间里的板壁上挂着他的八寸放大照片，半侧身，穿着一身古典燕尾服，前身无下摆，雪白的圆角硬领衬衫，一只胳臂夹着一根象牙头的短手杖，完全是年轻的英国绅士派头，很英俊。听我父亲说，二伯父是个性格很刚烈的人。他是新党，但崇拜的不是孙文而是黄兴。有一次历史教员（那时叫作“教习”）在课堂上讲了黄兴几句不恭敬的话，他

水乡高邮老照片

上去就给了这个教员一个嘴巴。二伯父和我父亲那时都在南京读中学（旧制中学）。他的死也跟他的负气任性的脾气有关。放暑假从南京回来，路过镇江，带着行李，镇江车站的搬运工人敲了他们一下，索价很高。二伯父一生气，把几个人的行李绑在一起，一个人就背了起来。没有走几步，一口血吐在地上，从此不起。

二伯母守节有年，她变得有些古怪。我的小说《珠子灯》里所写的孙小姐的原型，就是我的二伯母。

> 她变得有点古怪了，她屋里的东西都不许人动。王常生活着的时候是什么样子，永远是什么样子，不许挪动一点。王常生用过的手表、座钟、文具，还有他养的一盆雨花石，都放在原来的位置。孙小姐原是个爱洁成癖的人，屋里的桌子、椅子、茶壶茶杯，每天都要用清水洗三遍。自从王常生死后，除了过年之前，她亲自监督着一个从娘家陪嫁过来的女用人大洗一天之外，平常不许擦拭。里屋炕几上有一套茶具：一个白瓷的茶盘，一把茶壶，四个茶杯。茶杯倒扣着，上面落了细细的尘土。茶壶是荸荠形的扁圆的，茶壶的鼓肚子下面落不着尘土，茶盘里就清清楚楚留下一个干净的圆印子。
>
> 她病了，说不清是什么病。除了逢年过节起来几天，其余的时间都在床上躺着，整天地躺着，除了那个女用人，没有人上她屋里去。

有一个人是常上她屋里去的，我。我去了，坐在她床前的杌凳上，陪她一会儿。她精神好的时候，教我《长恨歌》《西厢记·长亭》。

春风桃李花开日，
秋雨梧桐叶落时。

碧云天，
黄花地，
西风紧，
北雁南飞。
晓来谁染霜林醉，
总是离人泪。

也有的时候，她也会讲一点轻松一些的文学故事，念苏东坡嘲笑小妹的诗：

人前走不上三五步，
额头先到画堂前。

这样的时候，她脸上也会有一点笑意。她的记忆很好，教我念诗，都是背出来的。她背诗，抑扬顿挫，节奏很强，富于感情，因此她教过我的诗词，我一直记得很清楚。她的诗词，是邑中一个老名士教的。

她老是叫我坐在她床前吃东西，吃饭，吃点心。吃两口，她就叫我张开嘴让她看看。接着就自言自语："王二娘个猫，王二娘个猫，王二娘个猫。"不知道这是什么意思。她是王二娘，我是她的猫？有时我不在跟前，她一个人在屋里也叨咕：“王二娘个猫，王二娘个猫。”

每年夏天，她要回娘家住一阵。归宁那天，且出不了房门哩。跨出来，转身又跨进去，跨出来，又跨进去。轿子等在大门口（她回娘家都是坐轿子），轿前两盏灯笼换了几次蜡烛，她还没跨出房门。

这种精神状态，我们那里叫作“魔”。

下堂屋左边是我父亲的画室，右边是“下房”，女用人住的地方。

下堂屋南，一道花瓦墙外，即花园，墙上也有一个小六角门。

开开六角门，是一片砖墁的平地。更南，是花厅。花厅是我们这所住宅里最明亮的屋子，南边一溜全是大玻璃窗，听说我父亲年轻时常请一些朋友来，在花厅里喝酒，唱戏，吹弹歌舞，到我记事的时候，就没有看过这种热闹。花厅也总是闲着。放暑假，我们到花厅里来做假期作业。每年做酱的时候，我的祖母在花厅里摊晾煮熟的黄豆和烤过的发面饼，让豆、饼长毛发酵。花厅外的砖地上有一口大缸，装着豆酱，一口浅缸，装着甜面酱。

砖地东面，是一个花台，种着四棵很大的蜡梅花，主干都有碗口粗，每年开很多花。这种蜡梅的花心是紫檀色的。按说“磬口檀心”是蜡梅的名种，但是我们那里重白心的，叫作“冰心蜡梅”，而将檀心者起一个不好听的名称，叫“狗心蜡梅”。下雪之后，上树摘花，是我的事。蜡梅的骨朵很密。相中一大枝，折下来，养在大胆瓶里，过年。

蜡梅花的对面，是两棵桂花。一棵金桂，一棵银桂。每年秋天，吐蕊开花。桂花树下，长了一片萱草，也没人管它，自己长得很旺盛。萱花未尽开时摘下，阴干，我们那里叫作金针，北方叫作黄花菜。我小时最讨厌黄花菜，觉得淡而无味。到了北方，学做打卤面，才知道缺这玩意儿还不行。

桂花树后，是南北向的花瓦墙，墙上开一圆门，即北方所说的月亮门。

出圆门，是一畦菜地。我的祖母每年在这里种乌青菜，即上海人所说的塌苦菜。这块菜地土很瘦，乌青菜都不肥大，而茎叶液汁浓厚，旋摘煮食，味道极好，远胜市上买来的，叫作“起水鲜”。经霜后，叶缘皆作紫红色，尤其甜美。

菜畦左侧有一棵紫薇，一房多高，开花时乱红一片，晃人眼睛。游蜂无数——齐白石爱画的那种大个的黑蜂，穿花抢蕊，非常热闹。西侧，有一座六角亭，可以小坐。

菜畦东边有一条砖路。砖路尽处是一棵木瓜，一棵矾杏，一棵柿树，都很少结果。

树之外，是一座船亭。这是祖父六十大寿头年盖的。船头向东，两边墙上各开了海棠形的窗户。祖父盖船亭，是为了“无事此静坐”，但是他只来坐过几次，平常不来，经常锁着。隔着正面的玻璃隔扇，可以看到里面铁梨木琴几上摆着几件彝器，几把檀木椅子，萧萧爽爽。

船亭对面，有一棵很大的柳树。挨着柳树，是一个高高的花坛。花坛上原来想是栽了不少花的，但因为无人料理，只剩下一棵石榴，一丛鱼儿牡丹。鱼儿牡丹开一串一串粉红的花，花作鸡心形，像是童话里的植物。

花坛对面，是土山。这座土山不知是哪年堆成的。这些土是从园里挖出的，还是从外面运进来的，均不知道。土山左脚，种

故园有金银花一株，自我记事，从不开花。小时不知此为何种植物，一年夏，忽开繁华无数。令人惊骇，亦不见其主何灾祥。此后每年开花，但花稍稀少耳。一九八四年六月偶忆往事，捉笔写此。高邮汪曾祺记于北京

了两棵碧桃，一棵白的，一棵浅红的。碧桃花其实是很好看的，花开得很繁茂，花期也长，应该对它珍贵一点，但是大家都不把它当回事，也许因为它花开得太多，也太容易养活了。土山正面，种了四棵香橼，每年都要结很多。香橼就是“橘逾淮南则为枳”的枳，但其实枳和橘是两种植物。香橼秋天成熟。香橼的香气很冲，不大好闻。但香橼花的气味是很好的，苦甜苦甜的。花白色，瓣微厚，五出深裂，如小酒盏，很好看。山顶有两棵龙爪槐，一在东，一在西。西边的一棵是我的读书树。我常常爬上去，在分杈的树干上靠好，带一块带筋的干牛肉或一块榨菜，一边慢慢嚼着，一边看小说。土山外隔一道墙是一个尼庵，靠在树上可以看见小尼姑从井里汲水浇菜。这尼庵的尼姑是带发修行的，因此我看的小尼姑是一头黑发。

从土山东边下山，是一片空地。空地上有一口很大的缸，养着很大的金鱼，这是大伯父养的。因此，在我们的印象里这一边是大爷的地方。但是我们并未分家，小孩子是可以自由来去的。

金鱼缸的西北边有一架紫藤。盛花时，紫云拂地。花谢，垂下一根一根长长的刀豆。

鱼缸正北，一棵白丁香，一棵紫丁香。

丁香之左，一片紫鸢。

往南，墙边一丛金雀花。

紫鸢的东边，荒草而已。这片草地每年下面结不少甘露，我们那里叫作螺蛳菜或宝塔菜，甘露洗净后装白布袋，可入甜面酱缸腌渍。

草地之东有一排很大的冬青树。夏天开密密的小白花，也有香味。秋后结了很多紫色的胡椒粒大的果实。

冬青之外，是“草房”，堆草的屋子。我们那里烧草——芦柴，一次要置很多担草，垛积在一排空屋里。

冬青的北面，是花房，房顶南檐是玻璃盖的，原是大爷养花的地方，但他后来不养花了，花房就空着。一壁挂着一个老鹰风筝。据我父亲说这个老鹰是独脑线的——只有一根脑线。老鹰风筝是大爷年轻时放过的。听我父亲说，放上去之后，曾有真的老鹰和它打过架。空空的花房里只有两盆颇大的夹竹桃。夹竹桃红花殷殷的，我忽然觉得有些紧张，因为天忽然黑下来了，只有我一个人，在空空的花园里。

听大人说，这花园里有一个白胡子老头。这白胡子老头是神仙？还是妖怪？但是，晚上是没有人到花园里去的，东边和西边的小六角门都上了铁锁。

我们这座花园实在很难叫作花园，没有精心安排布置过，草木也都是随意种植的，常有一点半自然的状态。但是这确是我童年的乐园，我在这里掬过很多蟋蟀，捉过知了、天牛、蜻蜓，捅过马蜂窝——这马蜂窝结在冬青树上，有蒲扇大！

一九九一年九月十九日

注释

原载《作家》一九九一年第十二期。

我的祖父祖母

我的祖父名嘉勋，字铭甫。他的本名我只在名帖上见过。我们那里有个风俗，大年初一，多数店铺要把东家的名帖投到常有来往的别家店铺。初一，店铺是不开门的，都是天不亮由门缝里插进去。名帖是前两天由店铺的“相公”（学生）在一张一张八寸长、五寸宽的大红纸上用一个木头戳子蘸了墨汁盖上去的，楷书，字有核桃大。我有时也愿意盖几张。盖名帖使人感到年就到了。我盖一张，总要端详一下那三个乌黑的欧体正字：汪嘉勋，好像对这三个字很有感情。

祖父中过拔贡，是前清末科，从那以后就废科举改学堂了。他没有能考取更高的功名，大概是终身遗憾的。拔贡是要文章写得好的。听我父亲说，祖父的那份墨卷是出名的，那种章法叫作“夹凤股”。我不知道是该叫“夹凤”还是“夹缝”，当然更不知道是如何一种“夹”法。拔贡是做不了官的。功名道断，他就在家经营自己的产业。他是个创业的人。

我们家原是徽州人（据说全国姓汪的原来都是徽州人），迁居高邮，从我祖父往上数，才七代。祠堂里的祖宗牌位没有多少块。高邮汪家上几代功名似都不过举人，所做的官也只是“教谕”“训导”之类的“学官”，因此，在邑中不算望族。我的曾祖父曾在外地坐过馆，后来做“盐票”亏了本。“盐票”亦称“盐引”，是包给商人销售官盐的执照，大概是近似股票之类的东西，我也弄不清做盐票怎么就会亏了，甚至把家产都赔尽了。听我父亲说，我们后来的家业是祖父几乎是赤手空拳地创出来的。

汪曾祺祖父肖像

创业不外两途：置田地，开店铺。

祖父手里有多少田，我一直不清楚。印象中大概在两千多亩，这是个不小的数目。但他的田好田不多。一部分在北乡。北乡田瘦，有的只能长草，谓之“草田”。年轻时他是亲自管田的，常常下乡。后来请人代管，田地上的事就不再过问。我们那里有一种人，专替大户人家管田产，叫作“田禾先生”。看青（估产）、收租、完粮、丈地……这也是一套学问。田禾先生大都是世代相传的。我们家的田禾先生姓龙，我们叫他龙先生。他给我留下颇深的印象，是因为他骑驴。我们那里的驴一般都是牵磨用，极少用来乘骑。龙先生的家不在城里，在五里坝。他每逢进城办事或到别的乡下去，都是骑驴。他的驴拴在檐下，我爱喂它吃粽子叶。龙先生总是关照我把包粽子的麻筋拣干净，说是驴吃了会把肠子缠住。

祖父所开的店铺主要是两家药店：一家万全堂，在北市口；一家保全堂，在东大街。这两家药店过年贴的春联是祖父自撰的。万全堂是“万花仙掌露，全树上林春”，保全堂是“保我黎民，全登寿域”。祖父的药店信誉很好，他坚持必须卖“地道药材”。药店一般倒都不卖假药，但是常常不很地道。尤其是丸散，常言“神仙难识丸散”，连做药店的内行都不能分辨这里该用的贵重药料，麝香、珍珠、冰片之类是不是上色足量。万全堂的制药的过道上挂着一副金字对联：“修合虽无人见，存心自有天知”，并非虚语。我们县里有几个门面辉煌的大药店，店里的店员生了病，配方抓药，都不在本店，叫家里人到万全堂抓。祖父并不到店问事，一切都交给“管事”（经理）。只到每年腊月二十四，由两位管事挟了总账，到家里来，向祖父报告一年营业情况。因为信誉好，盈利是有保证的。我常到两处药店去玩，尤其是保全堂，几乎每天都去。我熟悉一些中药的加工过程，熟悉药材的形状、颜色、气味。有时也参加搓“梧桐子大”的蜜丸，碾药，摊膏药。保全堂的“管事”、“同事”（配药的店员）、“相公”（学生意未满师的）跟我关系很好。他们对我有一个很亲切的称呼，不叫我的名字，叫“黑少”——我小名叫黑子。我这辈子没有人这样称呼过我。我的小说《异秉》写的就是保全堂的生活。

祖父是很有名的眼科医生。汪家世代都是看眼科的。他有一球眼药，有一个柚子大，黑咕隆咚的。祖父给人看了眼，开了方子，祖母就用一把大剪子从黑柚子的窟窿抠出耳屎大一小块，用纸包了交给病人，嘱咐病人用清水化开，用灯草点在眼里。这一球眼药不知道有多少年头了，据说很灵。祖父为人看眼病是不收钱也不受礼的。

中年以后，家道渐丰，但是祖父生活俭朴，自奉甚薄。他爱喝一点好茶，西湖龙井。饭食很简单。他总是一个人吃，在堂屋一侧放一张“马杌”——较大的方凳，便是他的餐桌。坐小板凳。他爱吃长鱼（鳝鱼）汤下面。面下在白汤里，汤里的长鱼捞出来便是酒菜。——他每顿用一个五彩釉画公鸡的茶盅喝一盅酒。没有长鱼，就用咸鸭蛋下酒。一个咸鸭蛋吃两顿。上顿吃一半，把蛋壳上掏蛋黄蛋白的小口用一块小纸封起来，下顿再吃。他的马杌上从来没有第二样菜。喝了酒，常在房里大声背唐诗：“李白斗酒诗百篇，长安市上酒家眠。天子呼来不上船，自称臣是酒……中……仙……”汪铭甫的俭省，在我们县是有名的。

但是他曾有一个时期舍得花钱买古董字画。他有一套商代的彝鼎，是祭器。不大，但都有铭文。难得的是五件能配成一套。我们县里有钱人家办丧事，六七开吊，常来借去在供桌上摆一天。有一个大霁红花瓶，高可四尺，是明代物。一九八六年我回乡时，我的妹婿问我："人家都说汪家有个大霁红花瓶，是有过么？"我说："有过！"我小时天天看见，放在"老爷柜"（神案）上，不过我们并不觉得它有什么名贵，和老爷柜上的锡香炉烛台同等看待之。他有一个奇怪古董：浑天仪。不是陈列在南京紫金山天文台和北京观象台的那种大家伙，只是一个直径约四寸的铜的滴溜圆的圆球，上面有许多星星，下面有一个把，安在紫檀木座上。就放在他床前的小条桌上。我曾趴在桌上细细地看过，没有什么好看。是明代御造的。其珍贵处在一次一共只造了几个。祖父不知是从哪里买来的。他还为此起了一个斋名"浑天仪室"，让我父亲刻了一块长方形的图章。他有几张好画。有四幅马远的小屏条。他曾为这四张画亲自到苏州去，请有名的细木匠做了檀木框，把画嵌在里面。对这四幅画的真伪，我有点怀疑，画的构图颇满，不像"马一角"。但"年份"是很旧的。有一个高约八尺的绢地大中堂，画的是"报喜图"。一棵很大的柏树，树上有十多只喜鹊，下面卧着一头豹子。作者是吕纪。我小时候不知吕纪是何许人，只觉得画得很像，豹子的毛是一根一根都画出来的，真亏他有那么多工夫！这几幅画平常是不让人见的，只在他六十大寿时拿出来挂过。同时挂出来的字画，我记得有郑板桥的六尺大横幅，纸本，画的是兰花；陈曼生的隶书对联；汪琬的楷书对联。我对汪琬的对子很有兴趣，字很端秀，尤其是对子的纸，真好看，豆绿色的蜡笺。他有很多字帖，是一次从夏家买下来的。夏家是百年以上的大家，号"十八鹤来堂夏家"（据说堂建成时有十八只仙鹤飞来）。夏家的房屋极多而大，花园里有合抱的大桂花，有曲沼流泉，人称“夏家花园”。后来败落了，就出卖藏书字画。祖父把几箱字帖都买了。我小时候写的《圭峰碑》、《闲邪公家传》，以及后来奖励给我的虞世南的《夫子庙堂碑》、褚遂良的《圣教序》、小字《麻姑仙坛》，都是初拓本，原是夏家的东西。祖父有两件宝。一是一块蕉叶白大端砚。据我父亲说，颜色正如芭蕉叶的背面。是夏之蓉的旧物。一是《云麾将军碑》，据说是个很早的拓本，海内无二，这两样东西祖父视为性命，每遇“兵荒”，就叫我父亲首先用油布包了埋起来。这两件宝物，我都没有看见过。解放后还在，现在不知下落。

我弄不清祖父的“思想”是怎么回事。他是幼读孔孟之书的，思想的基础当然是儒家。他是学佛的，在教我读《论语》的桌上有一函《南无妙法莲华经》。他是印光法师的弟子。他屋里的桌上放的两部书，一部是顾炎武的《日知录》，另一部是《红楼梦》！更不可理解的是，他订了一份杂志：邹韬奋编的《生活周刊》。

我的祖父本来是有点浪漫主义气质、诗人气质的，只是因为所处的环境，使他的个性不可能得到发展。有一年，为了避乱，他和我父亲这一房住在乡下一个小庙里，即我的小说《受戒》所写的菩提庵里，就住在小说所写“一花一世界”那间小屋里。这样他就常常让我陪他说说闲话。有一天，他喝了酒，忽然说起年轻时的一段风流韵事，说得老泪纵横。我没怎么听明白，又不敢问个究竟。后来我问父亲：“是有那么一回事吗？”父亲说：“有！是一个什么大官的姨太太。”老人家不知为什么要跟他的孙子说起他的艳遇，大概他的尘封的感情也需要宣泄宣泄吧。因此我觉得我的祖父是个人。

我的祖母是谈人格的女儿。谈人格是同光间本县最有名的诗人，一县人都叫他“谈四太爷”。我的小说《徙》里所写的谈甓渔就是参照一些关于他的传说写的。他的诗我在小说《故里杂记·李三》的附注里引用过一首《警火》。后来又读了友人从旧县志里抄出寄来的几首。他的诗明白晓畅，是“元和体”，所写多与治水、修坝、筑堤有关，是“为事而发”，属闲适一类者较少。看来他是一个关心世务的明白人，县人所传关于他的糊涂放诞的故事不怎么可靠。

祖母是个很勤劳的人，一年四季不闲着。做酱。我们家吃的酱油都不到外面去买。把酱豆瓣加水熬透，用一个牛腿似的布兜子“吊”起来，酱油就不断由布兜的末端一滴一滴滴在盆里。这“酱油兜子”就挂在祖母所住房外的廊檐上。逢年过节，有客人，都是她亲自下厨。她做的鱼圆非常嫩。上坟祭祖的祭菜都是她做

汪曾祺祖母肖像

的。端午，包粽子。中秋洗“连枝藕”——藕得有五节，极肥白，是供月亮用的。做糟鱼。糟鱼烧肉，我小时候不爱吃那种味儿，现在想起来是很好吃的东西。腌咸蛋。入冬，腌菜。腌“大咸菜”，用一个能容五担水的大缸腌“青菜”。我的家乡原来没有大白菜，只有青菜，似油菜而大得多。腌芥菜。腌“辣菜”，——小白菜晾去水分，入芥末同腌，过年时开坛，色如淡金，辣味冲鼻，极香美。自离家乡，我从来没吃过这么好吃的咸菜。风鸡，——大公鸡不去毛，揉入粗盐，外包荷叶，悬之于通风处，约二十日即得，久则愈佳。除夕，要吃一顿“团圆饭”，祖父与儿孙同桌。团圆饭必有一道鸭羹汤，鸭丁与山药丁、慈姑丁同煮。这是徽州菜。大年初一，祖母头一个起来，包“大圆子”，即汤团。我们家的大圆子特别“油”。圆子馅前十天就以洗沙猪油拌好，每天放在饭锅头蒸一次，油都“吃”进洗沙里去了，煮出，咬破，满嘴油。这样的圆子我最多能吃四个。

祖母的针线很好。祖父的衣裳鞋袜都是她缝制的。祖父六十岁时，祖母给他做了几双“挖云子”的鞋，——黑呢鞋面上挖出“云子”，内衬大红薄呢里子。这种鞋我只在戏台上和古画上见过。老太爷穿上，高兴得像个孩子。祖母还会剪花样。我的小说《受戒》写小英子的妈赵大娘会剪花样，这细节是从我祖母身上借去的。

祖母对祖父照料得非常周到。每天晚上用一个“五更鸡”（一种点油的极小的炉子）给他炖大枣。祖父想吃点甜的，又没有牙，祖母就给他做花生酥，——花生用饼槌碾细，掺绵白糖，在一个针箍子（即顶针）里压成一个个小圆糖饼。

祖母是吃长斋的。有一年祖父生了一场大病，她在佛前许愿，

岁朝图

我家废园有大蜡梅花数株，每于雪后摘蜡梅朵以花丝穿缀配以天竺果一二颗奉祖母插戴。

从此吃了长斋。她吃的菜离不了豆腐、面筋、皮子（豆腐皮）……她的素菜里最好吃的是香蕈（即冬菇）饺子。香蕈熬汤，荠菜馅包小饺子，油炸后倾入滚汤中，刺啦一声。这道菜她一生中也没有吃过几次。

她没有休息的时候。没事时也总在捻麻线。一个牛拐骨，上面有个小铁钩，续入麻丝后，用手一转牛拐，就捻成了麻线。我不知道她捻那么多麻线干什么，肯定是用不完的。小时候读归有光的《先妣事略》："孺人不忧米盐，乃劳苦若不谋夕"，觉得我的祖母就是这样的人。

祖母很喜欢我。夏天晚上，我们在天井里乘凉，她有时会摸着黑走过来，躺在竹床上给我"说古话"（讲故事）。有时她唱"偈"，声音哑哑的："观音老母站桥头……"这是我听她唱过的唯一的"歌"。

一九九一年十月，我回了一趟家乡，我的妹妹、弟弟说我长得像祖母。他们拿出一张祖母的六寸相片，我一看，是像，尤其是鼻子以下，两腮，嘴，都像。我年轻时没有人说过我像祖母。大概年轻时不像，现在，我老了，像了。

一九九二年一月二十二日

注释

原载《作家》一九九二年第四期。

我的父亲

我父亲行三。我的祖母有时叫他的小名"三子"。他是阴历九月初九重阳节那天生的，故名菊生（我父亲那一辈生字排行，大伯父名广生，二伯父名常生），字淡如。他作画时有时也题别号：亚痴、灌园生……他在南京读过旧制中学。所谓旧制中学大概是十年一贯制的学堂。我见过他在学堂时用过的教科书，英文是纳氏文法，代数几何是线装的有光纸印的，还有"修身"什么的。他为什么没有升学，我不知道。"旧制中学生"也算是功名。他的这个"功名"我在我的继母的"铭旌"上见过，写的是扁宋体的泥金字，所以记得。什么是"铭旌"？看《红楼梦》贾府办秦可卿丧事那回就知道，我就不噜苏了。

我父亲年轻时是运动员。他在足球校队踢后卫。他是撑竿跳选手，曾在江苏全省运动会上拿过第一。他又是单杠选手。我还见过他在天王寺外边驻军所设置的单杠上表演过空中大回环两周，这在当时是少见的。他练过武术，腿上带过铁砂袋。练过拳，练过刀、枪。我见他施展过一次武功。我初中毕业后，他陪我到外地去投考高中。在小轮船上，一个初来的侦缉队员以检查为名勒索乘客的钱财。我父亲一掌，把他打得一溜跟头，从船上退过跳板，一屁股坐在码头上。我父亲平常温文尔雅，我还没见过他动手打人，而且，真有两下子！我父亲会骑马。南京马场有一匹烈马，咬人，没人敢碰它，平常都用一截粗竹筒套住它的嘴。我父亲偷偷解开缰绳，一骗腿骑了上去。一趟马道子跑下来，这马老实了。父亲还会游泳，水性很好。这些，我都不知道他是什么时候学的。

汪曾祺父亲年轻时期的肖像

从南京回来后，他玩过一个时期乐器。他到苏州去了一趟，买回来好些乐器，笙箫管笛、琵琶、月琴、拉秦腔的胡胡、扬琴，甚至还有大小唢呐。唢呐我从未见他吹过。这东西吵人，除了吹鼓手、戏班子，一般玩乐器人都不在家里吹。一把大唢呐，一把小唢呐（海笛）一直放在他的画室橱柜的抽屉里。我们孩子们有时翻出来玩。没有哨子，吹不响，只好把铜嘴含在嘴里，自己呜呜作声，不好玩！他的一支洞箫、一支笛子，都是少见的上品。洞箫箫管很细，外皮作殷红色，很有年头了。笛子不是缠丝涂了一节一节黑漆的，是整个笛管擦了荸荠紫漆的，比常见的笛子管粗。箫声幽远，笛声圆润。我这辈子吹过的箫笛无出其右者。这两支箫笛不是从乐器店里买的，是花了大价钱从私人手里买的。他的琵琶是很好的，但是拿去和一个理发店里换了。他拿回理发店的那面琵琶又脏又旧、油里咕叽的。我问他为什么要换了这么一面脏琵琶回来，他说："这面琵琶声音好！"理发店用一面旧琵琶换了他的几乎是全新的琵琶，当然乐意。不论什么乐器，他听听别人演奏，看看指法，就能学会。他弹过一阵古琴，说："都说古琴很难，其实没有什么。"我的一个远房舅舅，有一把一个法国神父送他的小提琴，我父亲跟他借回来，鼓秋鼓秋，几天工夫，就能拉出曲子来。据我父亲说：乐器里最难，最要功夫的，是胡琴。别看它只有两根弦，很简单，越是简单的东西越不好弄。他拉的胡琴我拉不了，弓子硬，马尾多，滴的松香很厚，松香拉出一道很窄的深槽，我一拉，马尾就跑到深槽的外面来了。父亲不在家的时候我有时使劲拉一小段，我父亲一看松香就知道我动过他的胡琴了。他后来不大摆弄别的乐器了，只有胡琴是一直拉着的。

摒挡丝竹以后，父亲大部分时间用于画画和刻图章。他画画并无真正的师承，只有几个画友。画友中过从较密的是铁桥，是一个和尚，善因寺的方丈。我写的小说《受戒》里的石桥，就是以他为原型的。铁桥曾在苏州邓尉山一个庙里住过，他作画有时下款题为"邓尉山僧"。我父亲第二次结婚，娶我的第一个继母，

汪曾祺的父亲是个琴棋书画皆通的人，对民间艺术尤为钟情，父亲的艺术素养影响了汪曾祺的艺术道路。

新房里就挂了铁桥的一个条幅，泥金纸，上角画了几枝桃花、两只燕子，款题“淡如仁兄嘉礼　弟铁桥敬贺”。在新房里挂一幅和尚的画，我的父亲可谓全无禁忌；这位和尚和俗人称兄道弟，也真是不拘礼法。我上小学的时候，就觉得他们有点“胡来”。这幅画的两边还配了我的一个舅舅写的一副虎皮宣的对子：“蝶欲试花犹护粉，莺初学啭尚羞簧”，我后来懂得对联的意思了，觉得实在很不像话！铁桥能画，也能写。他的字写石鼓，画法任伯年。根据我的印象，都是相当有功力的。我父亲和铁桥常来往，画风却没有怎么受他的影响。也画过一阵工笔花卉。我们那里的画家有一种理论，画画要从工笔入手，也许是有道理的。扬州有一位专画菊花的画家，这位画家画菊按朵论价，每朵大洋一元。父亲求他画了一套菊谱，二尺见方的大册页。我有个姑太爷，也是画画的，说：“像他那样的玩法，我们玩不起！”兴化有一位画家徐子兼，画猴子，也画工笔花卉。我父亲也请他画了一套册页。有一开画的是罂粟花，薄瓣透明，十分绚丽。一开是月季，题了两行字：“春水蜜波为花写照。”“春水”“蜜波”是月季的两个品种，我觉得这名字起得很美，一直不忘。我见过父亲画工笔菊花，原来花头的颜色不是一次敷染，要“加”几道。扬州有菊花名种“晓色”，父亲说这种颜色最不好画。“晓色”，很空灵，不好捉摸。他画成了，我一看，是晓色！他后来改了画写意，用笔略似吴昌硕，照我看，我父亲的画是有功力的，但是“见”得少，没有行万里路，多识大家真迹，受了限制。他又不会作诗，题画多用前人陈句，故布局平稳，缺少创意。

父亲刻图章，初宗浙派，清秀规矩。他年轻时刻过一套《陋室铭》印谱，有几方刻得不错，但是过于着意，很拘谨。有“兰带”“折钉”，都是“做”出来的。有一方“草色入帘青”是双钩，我小时觉得很好看，稍大，即觉得纤巧小气。《陋室铭》印谱只是他初学刻印的成绩。三十多岁后，渐渐豪放，以治汉印为主。他有一套端方的《匋斋印存》，经常放在案头。有时也刻浙派小印。我记得他给一个朋友张仲陶刻过一块青田冻石小长方印，文曰“中匋”，实在漂亮。“中匋”两字也很好安排。

刻印的人多喜藏石。父亲的石头是相当多的，他最心爱的是三块田黄，我在小说《岁寒三友》中写的靳彝甫的三块田黄，实际上写的是我父亲的三块图章。

他盖章用的印泥是自己做的。用的是“大劈砂”，这是朱砂里最贵重的。大劈砂深紫色的，片状，制成印泥，鲜红夺目。他说见过一些明朝画，纸色已经灰暗，而印色鲜明不变。大劈砂盖的图章可以“隐指”，即用手指摸摸，印文是鼓出的。他的画室的书橱里摆了一列装在玻璃瓶的大劈砂和陈年的蓖麻子油，蓖麻油是调印色用的。

我父亲手很巧，而且总是活得很有兴致。他会做各种玩意。元宵节，他用通草（我们家开药店，可以选出很大片的通草）为瓣，用画牡丹的西洋红（西洋红很贵，齐白石作画，有一个时期，如用西洋红，是要加价的）染出深浅，做成一盏荷花灯，点了蜡烛，比真花还美。他用蝉翼笺染成浅绿，以铁丝为骨，做了一盏纺织娘灯，下安细竹棍。我和姐姐提了，举着这两盏灯上街，到邻居家串门，好多人围着看。清明节前，他糊风筝。有一年糊了一只蜈蚣（我们那里叫“百脚”），是绢糊的，他用药店里称麝香用的小戥子约蜈蚣两边的鸡毛，——鸡毛必须一样重，否则上天就会打滚。他放这只蜈蚣不是用的一般线，是胡琴的老弦。我们那里用老弦放风筝的，家父实为第一人（用老弦放风筝，风筝可以笔直地飞上去，没有“肚子”）。他带了几个孩子在傅公桥麦田里放风筝。这时麦子尚未“起身”，是不怕踩的，越踩越旺。春服既成，惠风和畅，我父亲这个孩子头带着几个孩子，在碧绿的麦垄间奔跑呼叫，为乐如何？我想念我的父亲（我现在还常常梦见他），想念我的童年，虽然我现在是七十二岁，皤然一老了。夏天，他给我们糊养金铃子的盒子。他用钻石刀把玻璃裁成一小块一小块，再合拢，接缝处用皮纸糨糊固定，再加两道细蜡笺条，成了一只船、一座小亭子、一个八角玲珑玻璃球，里面养着金铃子。隔着玻璃，可以看到金铃子在里面爬，吃切成小块的梨，张开翅膀“叫”。秋天，买来拉秧的小西瓜，把瓜瓤掏空，在瓜皮上镂刻出很细致的图案，做成几盏西瓜灯。西瓜灯里点了蜡烛，洒下一片绿光。父亲鼓捣半天，就为让孩子高兴一晚上。我的童年是很美的。

我母亲死后，父亲给她糊了几箱子衣裳，单夹皮棉，四时不缺。他不知从哪里搜罗来各种颜色，砑出各种花样的纸。听我的大姑妈说，他糊的皮衣跟真的一样，能分出滩羊、灰鼠。这些衣服我没看见过，但他用剩的色纸，我见过。我们用来折“手工”。有一种纸，银灰色，正像当时时兴的“慕本缎子”。

我父亲为人很随和，没架子。他时常周济穷人，参与一些有关公益的事情。因此在地方上人缘很好。民国二十年发大水，大街成了河。我每天看见他蹚着齐胸的水出去，手里横执了一根很粗的竹篙，穿一身直罗褂。他出去，主要是办赈济。我在小说《钓鱼的医生》里写王淡人有一次乘了船，在腰里系了铁链，让几个水性很好的船工也在腰里系了铁链，一头拴在王淡人的腰里，冒着生命危险，渡过激流，到一个被大水围困的孤村去为人治病，这写的实际是我父亲的事。不过他不是去为人治病，而是去送“华洋义赈会”发来的面饼（一种很厚的面饼，山东人叫“锅盔”）。这件事写进了地方上人送给我祖父的六十寿序里，我记得很清楚。

父亲后来以为人医眼为职业。眼科是汪家祖传。我的祖父、大伯父都会看眼科。我不知道父亲懂眼科医道。我十九岁离开家乡，离乡之前，我没见过他给人看眼睛。去年回乡，我的妹婿给我看了一册父亲手抄的眼科医书，字很工整，是他年轻时抄的。那么，他是在眼科上下过功夫的。听说他的医术还挺不错。有一邻居的孩子得了眼疾，双眼肿得像桃子，眼球红得像大红缎子。父亲看过，说不要紧。他叫孩子的父亲到阴城（一片乱葬坟场，很大，很野，据说韩世忠在这里打过仗）去捉两个大田螺来。父

晓色为扬州名菊，我父亲善画此种，须层层烘染，极费工。我今所作乃一次染略罩粉，略得其仿佛耳。　丙子深秋曾祺记

亲在田螺里倒进两管鹅翎眼药、两撮冰片，把田螺扣在孩子的眼睛上，过了一会儿田螺壳裂了。据那个孩子说，他睁开眼，看见天是绿的。孩子的眼好了，一生没有再犯过眼病。田螺治眼，我在任何医书上没看见过，也没听说过。这个“孩子”现在还在，已经五十几岁了，是个理发师傅。去年我回家乡，从他的理发店门前经过，那天，他又把我父亲给他治眼的经过，向我的妹婿详细地叙述了一次。这位理发师傅希望我给他的理发店写一块招牌。当时我很忙，没有来得及给他写。我会给他写的，一两天就写了托人带去。

我父亲配制过一次眼药。这个配方现在还在，但是没有人配得起，要几十种贵重的药，包括冰片、麝香、熊胆、珍珠……珍珠要是人戴过的。父亲把祖母帽子上的几颗大珠子要了去。听我的第二个继母说，他制药极其虔诚，三天前就洗了澡（“斋戒沐浴”），一个人住在花园里，把三道门都关了，谁也不让去。

父亲很喜欢我。我母亲死后，他带着我睡。他说我半夜醒来就笑。那时我三岁（实年）。我到江阴去投考南菁中学，是他带着我去的。住在一个茶庄的栈房里，臭虫很多。他就点了一支蜡烛，见有臭虫，就用蜡烛油滴在它身上。第二天我醒来，看见席子上好多好多蜡烛油点子。我美美地睡了一夜，父亲一夜未睡。我在昆明时，他还在信封里用玻璃纸包了一小包“虾松”寄给我过。我父亲很会做菜，而且能别出心裁。我的祖父春天忽然想吃螃蟹。这时候哪里去找螃蟹？父亲就用瓜鱼（即水仙鱼），给他伪造了一盘螃蟹，据说吃起来跟真螃蟹一样。“虾松”是河虾剁成米粒大小，掺以小酱瓜丁，入温油炸透。我也吃过别人做的“虾松”，都比不上我父亲的手艺。

我很想念我的父亲，现在还常常做梦梦见他。我的那些梦本和他不相干，我梦里的那些事，他不可能在场，不知道怎么会掺和进来了。

一九九二年五月二十八日

注释

原载《作家》一九九二年第八期。

我的母亲

我父亲结过三次婚。

我的生母姓杨。我不知道她的学名。杨家不论男女都是排行的。我母亲那一辈“遵”字排行，我母亲应该叫杨遵什么。前年我写信问我的姐姐，我们的母亲叫什么。姐姐回信说：叫“强四”。我觉得很奇怪，怎么叫这么个名呢？是小名么？也不大像。我知道我母亲不是行四。一个人怎么会连自己母亲的名字都不知道呢？因为我母亲活着的时候我太小了。

我三岁的时候，母亲就故去了。我对她一点印象都没有。她得的是肺病，病后即移住在一个叫“小房”的房间里，她也不让人把我抱去看她。我只记得我父亲用一个煤油箱自制了一个炉子。煤油箱横放着，有两个火口，可以同时为母亲熬粥，熬参汤、燕窝，另外还记得我父亲雇了一只船陪她到淮城去就医，我是随船去的。我记得小船中途停泊时，父亲在船头钓鱼，还记得船舱里挂了好多大头菜。我一直记得大头菜的气味。

我只能从母亲的画像看看她。据我的大姑妈说，这张像画得很像。画像上的母亲很瘦，眉尖微蹙。样子和我的姐姐很相似。

我母亲是读过书的。她病倒之前每天还写一张大字。我曾在我父亲的画室里找出一摞母亲写的大字，字写得很清秀。

前年我回家乡，见着一个老邻居，她记得我母亲，看见过我母亲在花园里看花。——这家邻居和我们家的花园只隔一堵短墙。我母亲叫她"小新娘子"。"小新娘子，过来过来，给你一朵花戴。"我于是好像看见母亲在花园里看花，并且觉得她对邻居很和善。这位"小新娘子"已经是八十多岁的老太太了！

我还记得我母亲爱吃京冬菜。这东西我们家乡是没有的，是托做京官的亲戚带回来的，装在陶制的罐子里。

我母亲死后，她养病的那间"小房"锁了起来，里面堆放着她生前用的东西，全部嫁妆——"摞橱"、皮箱和铜火盆，朱漆的火盆架子……我的继母有时开锁进去，取一两样东西，我跟着进去看过。"小房"外面有一个小天井。靠南有一个秋叶形的小花台。花台上开了一些秋海棠。这些海棠自开自落，没人管它。花很伶仃，但是颜色很红。

我的第一个继母娘家姓张。他们家原来在张家庄住，是个乡下财主。后来在城里盖了房子，才搬进城来。房子是全新的，新砖，新瓦，油漆的颜色也都很新。没有什么花木，却有一片很大的桑园。我小时就觉得奇怪，又不养蚕，种那么多桑树做什么？桑树都长得很好，干粗叶大，是湖桑。

我的继母幼年丧母，她是跟姑妈长大的，姑妈家姓吴。继母的姑妈年轻守寡。她住的房子二梁上挂着一块匾，朱地金字："松贞柏节"，下款是"大总统题"。这大总统不知是谁，是袁世凯？还是黎元洪？吴家家境不富裕，住的房子是张家的三间偏房。老姑奶奶有两个儿子，一个叫大和子，一个叫小和子。两个儿子都没上学校，念了几年私塾，专学珠算。同年龄的少年学"鸡兔同笼"，他们却每天打"归除""斤求两，两求斤"。他们是准备到钱庄去学生意的。

我的继母归宁，也到她的继母屋里坐坐，但大部分时间都在这三间偏房里和姑妈在一起。我父亲到老丈人那边应酬应酬，说些淡话，也都在"这边"陪姑妈闲聊。直到"那边"来请坐席了，才过去。

继母身体不好。她婚前咳嗽得很厉害，和我父亲拜堂时是服用了一种进口的杏仁露压住的。

她是长女，但是我的外公显然并不钟爱她。她的陪嫁妆奁是不丰的。她有时准备出门做客，才戴一点首饰。比较好的首饰是副翡翠耳环。有一次，她要带我们到外公家拜年，她打扮了一下，换了一件灰鼠的皮袄。我觉得她一定会冷。这样的天气，穿一件灰鼠皮袄怎么行呢？然而她只有一件皮袄。我忽然对我的继母产生一种说不出来的感情。我可怜她，也爱她。

后娘不好当。我的继母进门就遇到一个局面，"前房"（我的生母）留下三个孩子：我姐姐，我，还有一个妹妹。这对于"后娘"当然会是沉重的负担。上有婆婆，中有大姑子、小姑子，还

汪曾祺和大姐小妹在湖滩上合影

有一些亲戚邻居，他们都拿眼睛看着，拿耳朵听着。

也许我和娘（我们都叫继母为娘）有缘，娘很喜欢我。

她每次回娘家，都是吃了晚饭才回来。张家总是叫了两辆黄包车，姐姐和妹妹坐一辆，娘搂着我坐一辆。张家有个规矩（这规矩是很多人家都有的），姑娘回自己婆家，要给孩子手里拿两根点着了的安息香。我于是拿着两根安息香，偎在娘怀里。黄包车慢慢地走着。两旁人家、店铺的影子向后移动着，我有点迷糊。闻着安息香的香味，我觉得很幸福。

小学一年级时，冬天，有一天放学回家，我大便急了，憋不住，拉在裤子里了（我记得我拉的屎是热腾腾的）。我兜着一裤兜屎，一扭一扭地回了家。我的继母一闻，二话没说，赶紧烧水，给我洗了屁股。她把我擦干净了，让我围着棉被坐着。接着就给我洗衬裤刷棉裤。她不但没有说我一句，连眉头都没有皱一下。

我妹妹长了头虱，娘煎了草药给她洗头，用篦子给她篦头发。张氏娘认识字，念过《女儿经》。《女儿经》有几个版本，她念过的那本，她从娘家带了过来，我看过。里面有这样的句子："张家长，李家短，别人的事情我不管。"她就是按照这一类道德规范做人的。她有时念经：《金刚经》《心经》《高王经》。她是为她的姑妈念的。

她做的饭菜有些是乡下做法，比如番瓜（南瓜）熬面疙瘩，煮百合先用油炒一下。我觉得这样的吃法很怪。

她死于肺病。

我的第二个继母姓任。任家是邵伯大地主，庄园有几座大门，

第二个继母任氏

继母任氏娘在家门口迎接汪曾祺回家

庄园外有壕沟吊桥。

我父亲是到邵伯结的婚。那年我已经十七岁，读高二了。父亲写信给我和姐姐，叫我们去参加他的婚礼。任家派一个长工推了一辆独轮车到邵伯码头来接我们。我和姐姐一人坐一边。我第一次坐这种独轮车，觉得很有趣。

我已经很大了，任氏娘对我们很客气，称呼我是“大少爷”。我十九岁离开家乡到昆明读大学。一九八六年回乡，这时娘才改口叫我“曾祺”。——我这时已经六十六岁，也不是什么“少爷”了。

我对任氏娘很尊敬，因为她伴随我的父亲度过了漫长的很艰苦的沧桑岁月。

她今年八十六岁。

一九九二年七月十一日

注释

原载《作家》一九九三年第二期。

大莲姐姐

大莲姐姐可以说是我的保姆。她是我母亲从娘家带过来的。她在杨家伺候大小姐——我母亲，到了我们家“带”我。我们那里把女用人都叫作“莲子”，“大莲子”“小莲子”。伺候我的二伯母的女用人，有一个奇怪称呼，叫“高脚牌大莲子”。不知道怎么会这样称呼，可能是她的脚背特别高。全家都叫我的保姆为“大莲子”，只有我叫她“大莲姐姐”。

我小时候是个“惯宝宝”。怕我长不大，于是认了好几个干妈，在和尚庙、道士观里都记了名，我的法名叫“海鳌”。我还记得在我父亲的卧室的一壁墙上贴着一张八寸高五寸宽的梅红纸，当中一行字“三宝弟子求取法名海鳌”，两边各有一个字，一边是“皈”，一边是“依”。我大概是从这张记名红纸上才认得这个“皈”字的。因为是“惯宝宝”，才有一个保姆专门“看”我。大莲姐姐对我的姐姐和妹妹是不大管的，就管照看我一个人。

大莲姐姐对我母亲很有感情，对我的继母就有一种敌意。继母还没有过门，嫁妆先发了过来，新房布置好了。她拍拍一张小八仙桌，对我的姐姐说：“这是红木的，不是海梅的！”“海梅”别处不知叫什么，在我们那里是最贵重的木料。我母亲的嫁妆就是海梅的。她还教我们唱：

“小白菜呀，地里黄呀……”

我虽然很小，也觉得这不好。

大莲姐姐对我是很好。我小时不好好吃饭，老是围着桌子转，她就围着桌子追着喂我。不知要转多少圈，才能把半碗饭喂完。

晚上，她带着我睡。

我得了小肠疝气，有时发作，就在床上叫：“大莲姐姐，我疼。”她就熬了草药，倒在一个痰盂里，抱我坐在上面熏。熏一会儿，坠下来的小肠就能收缩回去。她不知从哪里学到一些偏方，都试过。煮了胡萝卜，让我吃。我天天吃胡萝卜，弄得我到现在还不喜欢胡萝卜的味儿。把鸡蛋打匀了，用个秤锤烧红了，放在鸡蛋里，刺啦一声，鸡蛋熟了。不放盐，吃下去。真不好吃！

我上小学后，大莲姐姐辞了事，离开我们家。她好像在别的人家做了几年。后来，就不帮人了，住在臭河边一个白衣庵里。她信佛，听我姐姐说，她受过戒。并未剃去头发，只在头顶上剃了一块，烧的戒疤也少，头发长长了，拢上去，看不出来。她成了个“道婆子”。我们那里有不少这种道婆子。她们每逢哪个庙的香期，就去“坐经”——席地坐着，一坐一天。不管什么庙，是庙就“坐”。东岳庙、城隍庙，本来都是道士住持，她们不管，一屁股坐下就念“南无阿弥陀佛”，我放学回家，路过白衣庵，她有时看着我走过，有时也叫我到她那里去玩。白衣庵实在没有什么好“玩”的。这是一个小庵，殿上塑着一尊白衣观音。天井东西各有一间小屋，大莲姐姐住东屋，西屋住的也是一个“带发修行”的道婆子。

她后来又和同善社、“理教劝戒烟酒会”的一些人混在一起。我们那里没有一贯道。如果有，她一定也会入一贯道的。她是什么都信的。

一九九二年七月十二日

注释

原载《作家》一九九三年第四期。

我的小学

我读的小学是县立第五小学，简称五小，在城北承天寺的旁边，五小有一支校歌。我在小说《徙》的开头提到这支校歌。歌词如下：

西挹神山爽气，
东来邻寺疏钟，
看吾校巍巍峻宇，
连云栉比列其中。
半城半郭尘嚣远，
无女无男教育同。
桃红李白，芬芳馥郁，
一堂济济坐春风。
愿少年，乘风破浪，

他日毋忘化雨功。

“神山爽气”是秦邮八景之一。“神山”即“神居山”，在高邮湖西，我没有去过，“爽气”也不知道是一种什么样子的气。“东来邻寺疏钟”的“邻寺”即承天寺。这倒是每天必须经过的。这是一座古寺，张士诚就是在承天寺称王的。张士诚攻下高邮在至正十三年（一三五三年），称王在次年。那时就有这座寺了。以后也没听说重修过（我没见过重修碑记）。这也就是一个一般的寺庙。一个大雄宝殿，三世佛；殿后是站在鳌鱼头上的南海观音；西侧是罗汉堂，罗汉堂有一口大钟，我写的《幽冥钟》就是写的这口钟；东边是僧众的宿舍和膳堂，廊子上挂了一条很大的木头鱼，画出蓝色的鱼鳞，一口像倒挂的如意云头的铁磬，木鱼铁磬从来没听见敲响过。寺古房旧僧白头，佛像髹漆都暗淡了。看不出一点张士诚即位称王的痕迹。他在什么地方坐朝的呢？总不能在大雄宝殿上，也不会在罗汉堂里。

学校的对面，也就是承天寺的对面，是“天地坛”。原来大概是祭天地的地方，但我从小就没有见过祭过天地。这是一片很大的空地，安下一个足球场还有富余。天地坛四边有砖砌的围墙，但是除了五小的学生来踢球、跑步，可以说毫无用处。坛的四面长满了荒草，草丛中有枸杞，秋天结了很多红果子，我们叫它“狗奶子”。

“巍巍峻宇”，“连云栉比”，实在过于夸张了。一个只有六个班的小学，怎么能有这样高大、这样多的房子呢！

学校门外的地势比校内高，进大门，要下一个慢坡，慢坡是“站砖”铺的。不是笔直的，而是有点弯。不知道为什么，我们对这道弯弯的慢坡很有感情。如果它是笔直的，就没有意思了。

慢坡的东端是门房，同时也是斋夫（校工）詹大胖子的宿舍。詹大胖子墙上挂着一架时钟，桌上有一把铜铃，一个玻璃匣子放着花生糖、芝麻糖，是卖给学生吃的。学校不许他卖，他还是偷偷地卖。

詹大胖子的房子的对面，隔着慢坡，是大礼堂。大礼堂的用处是做“纪念周”，开“同乐会”。平常日子，是音乐教室，唱歌。

大礼堂的北面是校园。校园里花木不多，比较突出的是一架很大的“十姊妹”。我对这个校园留下很深的印象是：有一年我们县境闹蝗虫，蝗虫一过，遮天蔽日，学校里遍地都是蝗虫，我们见蝗虫就捉，到校园里用两块砖头当磨子，把蝗虫磨得稀烂。蝗虫太可恶了！

校园之北，是教务处。一个很大的房间，两边靠墙摆了几张三屉桌，供教员备课，批改学生作业。当中有一张相当大的会议桌。这张会议桌平常不开会，有一个名叫夏普天的教员在桌上画炭画像。这夏普天（不知道为什么，学生背后都不称他为“夏先生”，径称之为“夏普天”，有轻视之意）在教员中有其特别处。一是他穿西服（小学教员穿西服者甚少）；二是他在教小学之外还有一个副业：画像。用一个刻有方格的有四只脚的放大镜，放在一张照片上，在大张的画纸上画了经纬方格，看着放大镜，勾出铅笔细线条，然后用剪秃了的羊毫笔，蘸炭粉，涂出深浅浓淡。说是“涂”不大准确，应该说是“蹭”。我在小学时就知道这不叫艺术，但是有人家请他画，给钱。夏普天的画像真正只是谋生之术。夏家原是大族，后来败落了。夏普天画像，实非得已。过了好多年，我才知道夏普天是我们县的最早的共产党员之一！夏普天给我的印象是：一个非常聪明的人。

教务处的北面是幼稚园。现在一般都叫幼儿园，我入园时叫幼稚园。五小设幼稚园是创举。这个幼稚园是全县第一个幼稚园。

幼稚园的房子是新盖的。一切都是新的。新砖、新瓦、新门、新窗。这座房子有点特别，是六角形的。进门，是一个宽敞明亮的大厅。铺着漆成枣红色的地板，用白漆画出一个很大的圆圈。这圆圈是为了让“小朋友”沿着唱歌跳舞而画出的。“小朋友”每天除了吃点心，大部分时间是唱歌跳舞。规定：上幼稚园的“小朋友”的家里都要预备一双“软底鞋”——普通的布鞋，但是鞋底是几层布“绗”出来的软底。

幼稚园的老师是王文英，她是我们县里头一个从“幼稚师范”毕业的专业老师。整个幼稚园只有一个老师，教唱歌、跳舞都是她。我在幼稚园学过很多歌，有一些是“表演唱”。我至今记得的是《小羊儿乖乖》，母亲出去了，狼来了：

狼：小羊儿乖乖，
　　把门儿开开，
　　快点儿开开，
　　我要进来。
小羊：不开不开不能开，
　　母亲不回来，
　　谁也不能开。
狼：小兔子乖乖，
　　把门儿开开，
　　快点儿开开，

我要进来。

小兔：不开不开不能开，

母亲不回来，

谁也不能开。

狼：小螃蟹乖乖，

把门儿开开，

快点儿开开，

我要进来。

螃蟹：就开就开我就开——（开门）

狼：啊呜！（把小螃蟹吃了）

小羊、小兔：

可怜小螃蟹，

从此不回来。

另外还有：

拉锯，送锯，

你来，我去。

拉一把，推一把，

哗啦哗啦起风啦。

小小狗，快快走；

小小猫，快快跑！

（王老师除了教唱，领着小朋友唱，还用一架风琴伴奏。）

幼稚园门外是一个游戏场，有一个沙坑，一架秋千，还有一个“巨人布”。一根粗大柱，半截埋在土里，柱顶有一个火炬形的顶子，顶与柱之间是铁的轴辊，柱顶牵出八条粗麻绳，小朋友各攥住一根麻绳，连跑几步，拳起腿一悠，柱顶即转动，小朋友能悠好多圈。我到现在还不知道这个游戏器械为什么叫“巨人布”。也许应该写成“巨人步”。这种游戏大概是从外国传进来的。

在全班小朋友中我是最受王老师宠爱的。我们那一班临毕业前曾在游戏场上照了一张合影。我骑在一头木马上。这是我第一次留了一回马上英姿（另外还有一个同学骑在一个灰色的木鸭子上，其他小朋友都蹲着，坐着）。

我离开五小后很少和王老师见面。我十九岁离开家乡。和王老师不通音讯。她和我的初中国文老师张道仁先生结了婚，我也不知道。

一九八一年我回了一次故乡，带了两盒北京的果脯，去看张老师和王老师。我给张老师和王老师都写了一张字。给王老师写的是一首不文不白的韵文：

“小羊儿乖乖，
把门儿开开”，
歌声犹在，
耳畔徘徊。
念平生美育，
从此培栽。
我今亦老矣，
白髭盈腮。
但师恩母爱，

岂能忘怀。

愿吾师康健，

长寿无灾。

这首“诗”使王老师哭了一个晚上。她对张先生说：“我教了那么多学生，还没有一个来看看我的。”张先生非常感慨地再三说：“师恩母爱！师恩母爱！……”他说王老师告诉他，我上幼稚园的时候还戴着我妈妈的孝。王老师不说，我还真不记得。

教务处和幼稚园的东面，是一、二、三、四年级教室。两排。两排教室之前是一片空地。空地的路边有几棵很大的梧桐。到了秋天，落了一地很大的梧桐叶。我很小的时候就知道“一叶落而天下惊秋”，而且不胜感慨。我们捡梧桐子。梧桐子炒熟了，是可以吃的，很香。

往后走，是五年级、六年级教室。这是另外一个区域，不仅因为隔着一个院子，有几棵桂花，而且因为五、六年级是“高年级”（一、二年级是初年级，三、四年级是中年级），到了这里俨然是“大人”了，不再是毛孩子了。

五年级教室在西边的平地上。教室外面是一口塘。塘里有鱼。常常看到有打鱼的来摸鱼，有时摸上很大的一条。从五年级的北窗伸出钓竿，就可以钓鱼。我有一次在窗里看着一条大黑鱼咬了钩，心里怦怦跳。不料这条大黑鱼使劲一挣，把钓线挣断了，它就带着很长的一截钓线游走了！

六年级教室在一座楼上。这楼是承天寺的旧物，年久失修，真是一座“危楼”，在楼上用力蹦跳，楼板都会颤动。然而它竟也不倒。

我小时了了。去年回乡，遇到一个小学同班姓许的同学（他现在是有名的中医），说我多年都是全班第一。他大概记得不准，我从三年级后算术就不好。语文（初、中年级叫“国语”，高年级叫“国文”）倒是总是考第一的。

我觉得那时的语文课本有些篇是选得很好的。一年级开头虽然是“大狗跳，小狗叫”，后面却有《咏雪》这样的诗：

一片一片又一片，
两片三片四五片，
七片八片九十片，
飞入芦花都不见。

我学这一课时才虚岁七岁，可是已经能够感受到“飞入芦花都不见”的美。我现在写散文、小说所用的方法，也许是从“飞入芦花都不见”悟出的。

二年级课文中有两则谜语，其中一则是：

远观山有色，
近听水无声，
春去花还在，
人来鸟不惊。

谜底是：画。这对培养儿童的想象力是有好处的。

我希望教育学家能搜集各个时期的课本，研究研究，吸取有益的部分，用之今日。

教三、四年级语文的老师是周席儒。我记不得他教的课文了，但一直觉得他真是一个纯然儒者。他总是坐在三年级和四年级教室之间的一间小屋的桌上批改学生的作文，“判”大字。他判字极认真，不只是在字上用红笔画圈，遇有笔画不正处，都用红笔矫正。有“间架”不平衡的字，则于字旁另书此字示范。我是认真看周先生判的字而有所领会的。我的毛笔字稍具功力，是周先生砸下的基础。周先生非常喜欢我。

教五年级国文的是高北溟先生。关于高先生，我写过一篇小说《徙》。小说，自然有很多地方是虚构，但对高先生的为人治学没有歪曲。关于高先生，我在下一篇《初中》中大概还会提到，此处从略。

教六年级国文的是张敬斋，张先生据说很有学问，但是他的出名却是因为老婆长得漂亮，外号“黑牡丹”。他教我们《老残游记》，讲得有声有色。我留下印象最深的是大明湖上的对联：“四面荷花三面柳，一城山色半城湖”，这使我对济南非常向往。但是他讲“黑妞白妞说书”，文章里提到一个湖南口音的人发了一通议论，张先生也就此发了一通议论，说：为什么要说“湖南口音”呢？因为湖南话很蛮，俗说是“湖南骡子”。这实在是没有根据。我长大后到过湖南，从未听湖南人说自己是“骡子”。外省人也不叫湖南人是“湖南骡子”。不像外省人说湖北人是“九头鸟”，湖北人自己也承认。也许张先生的话有证可查，但我小时候就觉得他是胡说。不知道为什么，我对张先生的“歪批”总也忘不了。

我在五小颇有才名，是因为我的画画得不错。教我们图画的老师姓王，因为他有一个口头语：“譬如”，学生就给他起了个外号："王譬如"。王先生有时带我们出校"野外写生"，那是最叫人高兴的事。常去的地方是运河堤，因为离学校很近。画得最多的是堤上的柳树，用的是六个 B 的铅笔。

一九九一年十月，我回高邮，见到同班同学许医生，他说我曾经送过他一张画：只用大拇指蘸墨，在纸上一按，加几笔犄角、四蹄、尾巴，就成了一头牛。大拇指有腡纹，印在纸上有牛毛效果。我三年级时是画过好些这种牛。后来就没有再画。

我对五小很有感情。每天上学，暑假、寒假还会想起到五小看看。夏天，到处长了很高的草。有一年寒假，大雪之后，我到学校去。大门没有锁，轻轻一推就开了。没有一个人，连詹大胖子也不在。一片白雪，万籁俱静。我一个人踏雪走了一会儿，心里很感伤。

我十九岁离乡，六十一岁回故乡住了几天。我去看看我的母校：什么也没有了。承天寺、天地坛，都没有了。五小当然没有了。

这是我的小学，我亲爱的，亲爱的小学！

愿少年，乘风破浪，
他日毋忘化雨功！

一九九二年八月六日

注释

原载《作家》一九九三年第六期。

我的初中

初中全名是高邮县立初级中学，是全县的最高学府。我们县过去连一所高中都没有。

地点在东门。原址是一个道观，名曰“赞化宫”。我上初中时，二门楣上还保留着“赞化宫”的砖额，字是《曹全碑》体隶书，写得不错，所以我才记得。

赞化宫的遗物只有：一个白石砌的圆形的放生池，池上有石桥。平日池干见底，连日大雨之后有水。东北角有一座小楼，原是供奉吕祖的。年久失修，岌岌可危。吕祖楼的对面有一土阜。阜上有亭，倒还结实。亭子的墙壁外面涂成红色。我们就叫它“小亭子”。亭之三面有圆形的窗洞。拳起两脚，坐在窗洞里，可以俯瞰墙外的土路。小亭之下长了相当大一丛紫竹。紫竹皮色深紫，极少见。我们县里好像只有这一丛紫竹。不知是何年，何人所种。小亭子左边有一棵楮树，我们那里叫“壳树”。楮树皮可造纸，但我们那里只是采其大叶以洗碗，因为楮叶有细毛，能去油腻。还有一棵很奇怪的树，叫“五谷树”，一棵结五种形状不同的小果子，我们家乡从哪一种果子结得多少，以占今年宜豆宜麦。

初中的主要房屋是新建的。靠南墙是三间教室，依次为初一、初二、初三，对面是教导处和教员休息室。初三教室之东，有一个圆门，门外有一座楼，两层。楼上是图书馆，主要藏书是几橱万有文库。楼下是“住读生”的宿舍，初中学生大部分是“走读”，有从四乡村镇来的学生，城区无亲友家可寄住，就住在学校里，谓之“住读”。

初中的主课是“英（文）、国（文）、算（数学）”。学期终了结算学生的总平均分数，也只计算这三门。

初一、初二的英文没有学到什么东西，因为教员不好。初三却有一门奇怪的课：“英文三民主义”。不知道这是国民党的统一规定，还是我们学校里特别设置的。教这一课的是校长耿同霖。耿同霖解放后被枪毙了，不知道他有什么罪恶，但他在当我们的校长时看不出有多坏。他有一个习惯，讲话或上课时爱用两手摩挲前胸。他老是穿一件墨绿色的毛料的夹袍。在我的想象里，他被枪毙时也是穿的这件夹袍。

初一、初二国文是高北溟先生教的。他的教学法大体如我在小说《徙》中所写的那样。有些细节是虚构的，如小说中写高先生编过一本《字形音义辨》，实际上他没有编过这样一本书，他只是让学生每周抄写一篇《字辨》上的字。但他编过一些字形的歌诀，如："戌横、戍点、戊中空。"《国学常识》是编过一本讲义的，学生要背："三坟五典八索九丘"，"乾三连、坤六断、震仰盂、艮覆碗"……他讲书前都要朗读一遍。有时从高先生朗读的顿挫中学生就能体会到文义。"小子识之：苛政猛于虎也！""永州之野产异蛇，黑质而白章……"他讲书，话不多，简明扼要。如讲《训俭示康》："……'厅事前仅容旋马'，闭目一想，就知道房屋有多狭小了。"这使我受到很大启发，对写小说有好处。小说的描述要使读者有具体的印象。如果记录厅事的尺寸，即无意义。高先生教书很严，学生背不出来，是要打手心的。我的堂弟汪曾炜挨过多次打。因为他小时极其顽皮，不用功。曾炜后来发愤读书，现在是著名的心脏外科专家了。我的同班同学刘子平后来在高邮中学教书，和高先生是同事了，曾问过高先生："你从前为什么对我们那么严？"高先生叹了一口气，说："我现在想

汪曾祺曾就读的高邮县初级中学

想，真也不必。”小说《徙》中写高先生在初中未能受聘，又回小学去教书了，是为了渲染高先生悲怆遭遇而虚构的，事实上高先生一直在高邮中学任教，直至寿终。

教初三国文的是张道仁先生。他是比较有系统地把新文学传到高邮来的。他是上海大夏大学毕业的。我在写给张先生的诗中有两句：“汲源来大夏，播火到小城。”一九八一年，我和张先生提起，他说他主要根据的是孙俍工的一本书。

教初二代数的是王仁伟先生。王先生少孤。他的父亲曾游食四方。王先生曾拿了一册他的父亲所画的册页，让我交给我父亲题字。我看了这套册页，都是记游之作。其中有驴、骡、骆驼，大概是在北方的时候多。王先生学历不高，没有上过大学。他的家境不宽裕，白天在学校上课，晚上还要在家里为十多个学生补习，够辛苦的。也许因为他的脾气不好，多疑而易怒，见人总是冷着脸子。我的代数不好，但王先生却很喜欢我。我有一次病了几天，他问我的堂哥汪曾浚（他和我同班）：“汪曾祺的病怎么样？”我那堂哥回答：“他死不了。”王先生大怒，说：“你死了我也不问！”

教初三几何的是顾调笙先生。他同时是教导主任。他是中央大学毕业的，中央大学是名牌国立大学，因此他看不起私立大学毕业的教员，称这种大学为“野鸡大学”，有时在课堂公开予以讥刺。他对我的几何加意辅导。因为他一心想培养我将来进中央大学，学建筑，将来当建筑师。学建筑同时要具备两种条件，一是要能画画，一是要数学好，特别是几何。我画画没有问题，数学——几何却不行。他在我身上花了很多功夫，没有效果，叹了一口气说：“你的几何是桐城派几何！”桐城派文章简练，而几何是要一步步论证的，我那种跳跃式的演算，不行！顾先生走路总是反抄着两手，因为他有点驼背，想用这种姿势纠正过来。他这种姿势显得人更为自负。

教美术的是张杰夫先生。“夫”字的行草似“大人”两个字合在一起，学生背后便称之为“杰大人”。他不是本地人，是盐城人，上海艺专毕业。他画水彩，也画国画。每天写大字一张，临《礼器碑》。《礼器碑》用笔结体都比较奇峭，高邮人不欣赏。他的业绩是开辟了一个图画教室，就在吕祖楼东边的一排闲房里。订制了画架、画板（是银杏木的）。我们这才知道画西洋画是要把纸钉在画板上斜立在画架上画的（过去我们画画都是把纸平放在桌子上画的）。三年级以后，画水彩画，我开始知道分层布色，知道什么叫“笔触”。我们画的次数最多的是鱼，两条鱼，放在瓷盘里。我们最有兴趣的是倒石膏模子。张先生性格有点孤僻，和本地籍的同事很少来往。算是知交的，只有一个常州籍教地理的史先生。史先生教了一学年，离开了。张先生写了一首诗送他：“侬今送君人笑痴，他日送侬知是谁？”这是活剥《葬花词》，但是当时我们觉得写得很好，很贴切。大概当时的教员都有一点无端端的感伤主义。

教音乐的也是一位姓张的先生，他的特别处是发给学生的乐谱不是简谱，是五线谱；教了一些外国歌。我学会《伏尔加船夫曲》就是在那时候。张先生郁郁不得志，他学历不高，薪水也低。

东门外是刑场。出东门，有一道铁板桥，脚踏在上面，咚咚地响。桥下是水闸，闸上闸下落差很大，水声震耳，如同瀑布。这道桥叫作“掉魂桥”，说是犯人到了桥上，魂就掉了。过去刑人是杀头的。东门外南北大路也有四五个圆的浅坑，就是杀人的遗迹。据说，犯人跪在坑里，由刽子手从后面横切一刀，人头就落地了。后来都改成枪毙了，我们那里叫作“铳人”。在教室里上着课，听到凄厉的拉长音的号声，就知道：铳人了。一下课，我们就去看。犯人的尸首已经装在一具薄皮棺材里，抬到城墙外面的荒地里，地下一摊泛出蓝光的血。

东门之东，过一小石桥，有几间瓦房。原来大概是一个什么祠，后来成了耕种学田的农民的住家。瓦房外是打谷场。有一棵大桑树。桑树下卧着一头牛。不知道为什么，我一想起桑树和牛，就很感动，大概是因为看得太熟了。

城墙下是护城河，就是流经掉魂桥的河。沿河种了一排很大的柳树。柳树远看如烟，有风则起伏如浪。我第一次体会到什么是“烟柳”“柳浪”，感受到中国语言之美。可以这样说：这排柳树教会我怎样使用语言。

往南走，是东门宝塔。

除了到打谷场上看看，沿护城河走走，我们课余的活动主要有：爬城墙、跳河。

操场东面，隔一道小河，即是城墙。城墙外壁是砖砌的，内壁不封砖，只是夯土。内壁有一点坡度，但还是很陡。我们几乎每天搞一次登山运动。上了陡坡，手扶垛口，心旷神怡。然后由陡坡飞奔而下。这可是相当危险的，无法减速，下到平地收不住脚，就会一直蹿到河里去。

操场北面，沿东城根到北城根，虽在城里，却很荒凉。人家不多，很分散。有一些农田，东一块，西一块，大大小小，很不规整。种的多是杂粮，豆子、油菜、大麦……地大概是无主的地，种地的也不正经地种，荒秽不治，靠天收。地块之间，芦荻过人。我曾经在一片开着金黄的菊形的繁花的茼蒿上面（茼蒿开花时高可尺半）看到成千上万的粉蝶，上下翻飞，真是叫人眼花缭乱。看到这种超常景象，叫人想狂叫。

这里有很多野蔷薇，一丛一丛，开得非常旺盛。野蔷薇是单

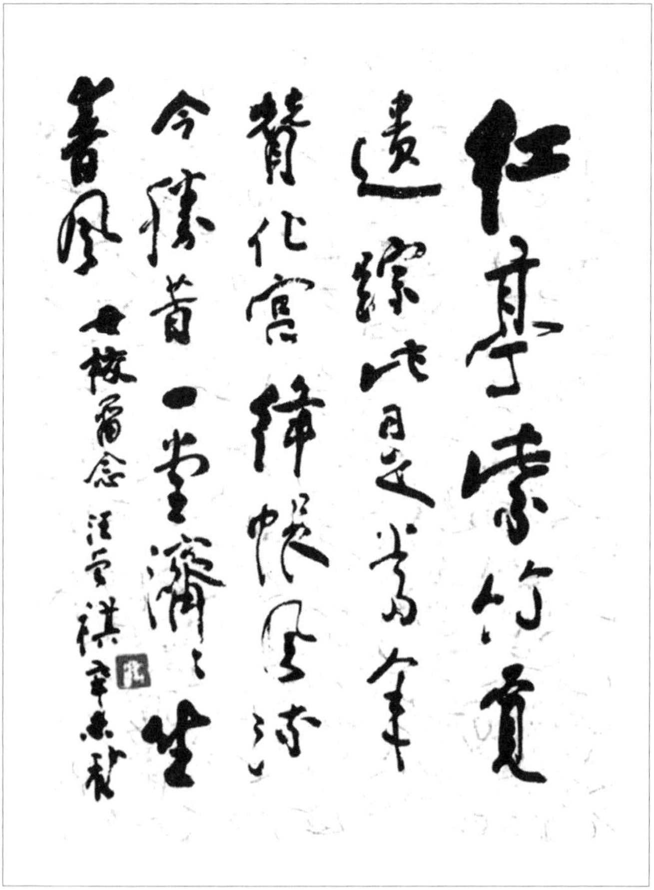

为母校题词

瓣的，不耐细看，好处在多，而且，甜香扑鼻。我自离初中后，再也没有看到这样多的野蔷薇。

稍远处有一片杂木林。我有一次在林子里看到一个猎人。我从来没有看到过猎人。我们那里打鱼的很多，打猎的几乎没有。这个猎人黑瘦黑瘦的，眼睛很黑。他穿了一身黑的衣裤，小腿上缠了通红的绑腿。这个猎人给我一种非常猛厉的印象。他在追逐一只斑鸠。斑鸠已经发觉，它在逃避。斑鸠在南边的树头枝叶密处，猎人从北往南走。他走得从容不迫，一步，一步。快到树林南边，斑鸠一翅飞到北边树上。猎人又由南往北走，一步，一步。这是一种无声的紧张，持续的意志的角逐。我很奇怪，斑鸠为什么不飞出树林。这样往复多次，斑鸠慌神了，它飞得不稳了。一声枪响，斑鸠落地。猎人拾起斑鸠，放进猎袋，走了。他的大红的绑腿鲜明如火。我觉得斑鸠和猎人都很美。

这一片荒野上有一些纵横交错的小河。我们几乎每天来比赛“跳河”。起跑一段，纵身一跳，跳到对岸。河阔丈许，跳不好就会掉到河里，但我的记忆中似没有一人惨遭灭顶。

跳河有大王，大王名孙普，外号黑皮。他是多宽的河也敢跳的。

赞化宫之外，有一处房屋也是归初中使用的：孔庙。孔庙离赞化宫很近，往西走三分钟即到。孔庙大门前有一个半圆形的“泮池”，常年有水，池上围以石栏。泮池南面是一片大坪场，整整齐齐地栽了很多松树，都已经很大了。孔庙的主体建筑是“明伦堂”，原是祭孔的地方，后来成了初中的大礼堂。至圣先师的牌位被请到原来住“训导”“教谕”的厢房里去了，原来供牌位的地方挂了孙中山像。明伦堂的东西两壁挂了十六条彩印的条幅，都是民族英雄，有苏武牧羊、闻鸡起舞、班超投笔、木兰从军……其余的，记不得了。为什么要挂这样的画？这时“九一八”事变已经发生，全国上下抗战救国情绪高涨。我们的国文、历史课都增加培养民族意识的内容，作文也多出这方面的题目。有一次高北溟先生出了一道作文题：“救国策”，我那堂哥汪曾浚劈头写道：“国将亡，必欲救，此不易之理也。”他的名句我一直记得。他大概读了一些《东莱博议》之类的书，学会了这种调调。这有点可笑，一个初中学生能拿出什么救国之策呢？但是大敌当前，全民奋起，精神可贵。我到现在还觉得应该教初中、小学的学生背会《木兰辞》，唱“苏武留胡节不辱”。这对培养青少年的情操和他们的审美意识，都是有好处的。

一九九二年八月二十四日

注释

原载《作家》一九九三年第八期。

故乡的元宵

故乡的元宵是并不热闹的。

没有狮子、龙灯，没有高跷，没有跑旱船，没有“大头和尚戏柳翠”，没有花担子、茶担子。这些都在七月十五“迎会”——赛城隍时才有，元宵是没有的。很多地方兴“闹元宵”，我们那里的元宵却是静静的。

有几年，有送麒麟的。上午，三个乡下的汉子，一个举着麒麟——一张长板凳，外面糊纸扎的麒麟，一个敲小锣，一个打镲，咚咚当当敲一气，齐声唱一些吉利的歌。每一段开头都是“格炸炸”：

格炸炸，格炸炸，

麒麟送子到你家……

我对这“格炸炸”印象很深。这是什么意思呢？这是状声词？状的什么声呢？送麒麟的没有表演，没有动作，曲调也很简单。送麒麟的来了，一点也不叫人兴奋，只听得一连串的“格炸炸”。“格炸炸”完了，祖母就给他们一点钱。

街上掷骰子“赶老羊”的赌钱的摊子上没有人。六颗骰子静静地在大碗底卧着。摆赌摊的坐在小板凳上抱着膝盖发呆。年快过完了，准备过年输的钱也输得差不多了，明天还有事，大家都没有赌兴。

草巷口有个吹糖人的：孙猴子舞大刀、老鼠偷油。

北市口有捏面人的：青蛇、白蛇、老渔翁。老渔翁的蓑衣是从药店里买来的夏枯草做的。

少年不识愁滋味

一九八七年　曾祺试宣安纸

到天地坛看人拉“天嗡子”——抖空竹，拉得很响，天嗡子蚕牛似的叫。

到泰山庙看老妈妈烧香。一个老妈妈鞋底有牛屎，干了。

一天快过去了。

不过元宵要等到晚上，上了灯，才算。元宵元宵嘛。我们那里一般不叫元宵，叫灯节。灯节要过几天，十三上灯，十七落灯。“正日子”是十五。

各屋里的灯都点起来了。大妈（大伯母）屋里是四盏玻璃方灯。二妈屋里是画了红寿字的白明角琉璃灯，还有一张珠子灯。我的继母屋里点的是红琉璃泡子。一屋子灯光，明亮而温柔，显得很吉祥。

上街去看走马灯。连万顺家的走马灯很大。“乡下人不识走马灯——又来了。”走马灯不过是来回转动的车、马、人（兵）的影子，但也能看它转几圈。后来我自己也动手做了一个，点了蜡烛，看着里面的纸轮一样转了起来，外面的纸屏上一样映出了影子，很欣喜。乾陞和的走马灯并不“走”，只是一个长方的纸箱子，正面白纸上有一些彩色的小人，小人连着一根头发丝，烛火烘热了发丝，小人的手脚会上下动。它虽然不“走”，我们还是叫它走马灯。要不，叫它什么灯呢？这外面的小人是唐僧、孙悟空、猪八戒、沙和尚。整个画面表现的是《西游记》唐僧取经。

孩子有自己的灯。兔子灯、绣球灯、马灯……兔子灯大都是自己动手做的。下面安四个轱辘，可以拉着走。兔子灯其实不大像兔子，脸是圆的，眼睛是弯弯的，像人的眼睛，还有两道弯弯的眉毛！绣球灯、马灯都是买的。绣球灯是一个多面的纸扎的球，有一个篾制的架子，架子上有一根竹竿，架子下有两个轱辘，手执竹竿，向前推移，球即不停滚动。马灯是两段，一个马头，一个马屁股，用带子系在身上。西瓜灯、蛤蟆灯、鱼灯，这些手提的灯，是小孩玩的。

有一个习俗可能是外地所没有的：看围屏。硬木长方框，约三尺高，尺半宽，镶绢，上画工笔的演义小说人物故事，灯节前装好，一堂围屏约三十幅，屏后点蜡烛。这实际上是照得透亮的连环画。看围屏有两处，一处在炼阳观的偏殿，一处在附设在城隍庙里的火神庙。炼阳观画的是《封神榜》，火神庙画的是《三国》。围屏看了多少年，但还是年年看。好像不看围屏就不算过灯节似的。

街上有人放花。

有人放高升（起火），不多的几支，起火升到天上，嗤——灭了。

天上有一盏红灯笼。竹篾为骨，外糊红纸，一个长方的筒，里面点了蜡烛，放到天上。灯笼是很好放的，连脑线都不用，在一个角上系上线，就能飞上去。灯笼在天上微微飘动，不知道为什么，看了使人有一点薄薄的凄凉。

年过完了，明天十六，所有店铺就“大开门”了。我们那里，初一到初五，店铺都不开门。初六打开两扇排门，卖一点市民必需的东西，叫作“小开门”。十六把全部排门卸掉，放一挂鞭，几个炮仗，叫作“大开门”，开始正常营业。年，就这样过去了。

一九九三年二月十二日

注释

原载一九九三年三月十八日《武汉晚报》。

文游台

文游台是我们县首屈一指的名胜古迹。台在泰山庙后。

泰山庙前有河，曰澄河。河上有一道拱桥，桥很高，桥洞很大。走到桥上，上面是天，下面是水，觉得体重变得轻了，有凌空之感。拱桥之美，正在使人有凌空感。我们每年清明节后到东乡上坟都要从桥上过（乡俗，清明节前上新坟，节后上老坟）。这正是杂花生树、良苗怀新的时候，放眼望去，一切都使人心情极为舒畅。

澄河产瓜鱼，长四五寸，通体雪白，莹润如羊脂玉，无鳞，无刺，背部有细骨一条，烹制后骨亦酥软可吃，极鲜美。这种鱼别处其实也有，有的地方叫水仙鱼，北京偶亦有卖，叫面条鱼，但我的家乡人认定这种鱼只有我的家乡有，而且只有文游台前面澄河里有！家乡人爱家乡，只好由着他说。不过别处的这种鱼不似澄河所产的味美，倒是真的，因为都经过冷藏转运，不新鲜了。为什么叫“瓜鱼”呢？据说是因黄瓜开花时鱼始出，到黄瓜落架时就再捕不到了，故又名“黄瓜鱼”。是不是这么回事，谁知道。

泰山庙亦名东岳庙，差不多每个县里都有的，其普遍的程度不下于城隍庙。所祀之神称为东岳大帝。泰山庙的香火是很盛的，因为好多人都以为东岳大帝是管人的生死的。每逢香期，初一十五，特别是东岳大帝的生日（中国的神佛都有一个生日，不知道是从什么档案里查出来的），来烧香的善男信女（主要是信女）络绎不绝。一进庙门就闻到一股触鼻的香气。从门楼到甬道，两旁排列的都是乞丐，大都伪装成瞎子、哑巴、烂腿的残废（烂腿是用蜡烛油画的），来烧香的总是要准备一两吊铜钱施舍给他们的。

正面是大殿，神龛里坐着大帝，油白脸，疏眉细目，五绺长须，颇慈祥的样子。穿了一件簇新的大红蟒袍，手捧一把折扇。东岳大帝何许人也？据说是《封神榜》上的黄飞虎！

正殿两旁，是“七十二司”，即阴间的种种酷刑，上刀山、下油锅、锯人、磨人……这是对活人施加的精神威慑：你生前做坏事，死后就是这样！

我到泰山庙是去看戏。

正殿的对面有一座戏台。戏台很高，下面可以走人。这倒也好，看戏的不会往前头挤，因为太靠近，看不到台上的戏。

戏台与正殿之间是观众席。没有什么“席”，只是一片空场，看戏的大都是站着。也有自己从家里扛了长凳来坐着看的。

没有什么名角，也没有什么好戏。戏班子是“草台班子”，因为只在里下河一带转，亦称“下河班子”。唱的是京戏，但有些戏是徽调。不知道为什么，哪个班子都有一出《杨松下书》。这出戏剧情很平淡，我小时最不爱看这出戏。到了生意不好，没有什么观众的时候（这种戏班子，观众入场也还要收一点钱），就演《三本铁公鸡》，再不就演《九更天》《杀子报》。演《杀子报》是要加钱的，因为下河班子的闻太师勾的是金脸。下河班子演戏是很随便的，没有准纲准词。只有一年，来了一个叫周素娟的女演员，是个正工青衣，在南方的科班时坐科学过戏，唱戏很规矩，能唱《武家坡》《汾河湾》这类的戏，甚至能唱《祭江》《祭塔》……我的家乡真懂京戏的人不多，但是在周素娟唱大段慢板的时候，台下也能鸦雀无声，听得很入神。周素娟混得到里下河来搭班，是“卖了胰子”落魄了。有一个班子有一个大花脸，嗓子很冲，姓颜，大家就叫他颜大花脸。有一回，我听他在戏台旁边的廊子上对着烧开水的“水锅”大声嚷嚷：“打洗脸水！”我从他的声音里听出了一腔悲愤，满腹牢骚。我一直对颜大花脸的喊叫不能忘。江湖艺人，吃这碗开口饭，是充满辛酸的。

泰山庙正殿的后面，即属于文游台范围。沿砖路北行，路东有秦少游读书台。更北，地势渐高，即文游台。台基是一个大土墩。墩之一侧为四贤祠。四贤名字，说法不一。这本是一个“淫祠”，是一位蒲圻“先生”把它改造了的。蒲圻先生姓胡，字尧元。明代张綖《谒文游台四贤祠》诗云：“迩来风流文渐烬，文游名在无遗踪。虽有高台可游眺，异端丹碧徒穹隆。嘉禾不植稂莠盛，邦人奔走如狂朦。蒲圻先生独好古，一扫陋俗隆高风。长

文游台

绳倒拽淫像出，易以四子衣冠容。”这位蒲圻先生实在是多事，把“淫像”留下来让我们看看也好。我小时到文游台，不但看不到淫像，连“四子衣冠容”也没有，只有四个蓝地金字的牌位。墩之正面为盍簪堂。“盍簪”之名，比较生僻。出处在《易经》。《易·豫》：“勿疑，朋盍簪。”王弼注：“盍，合也；簪，疾也。”孔颖达疏：“群朋合聚而疾来也。”如果用大白话说，就是“快来堂”。我觉得“快来堂”也挺不错。我们小时候对盍簪堂的兴趣比四贤祠大得多，因为堂的两壁刻着《秦邮帖》。小时候以为帖上的字是这些书法家在高邮写的。不是的。是把各家的书法杂凑起来的（帖都是杂凑起来的）。帖是清代嘉庆年间一个叫师亮采的地方官属钱梅溪刻的。钱泳《履园丛话》：“二十年乙亥……是年秋八月为韩城师禹门太守刻《秦邮帖》四卷，皆取苏东坡、黄山谷、米元章、秦少游诸公书，而殿以松雪、华亭二家。”曾有人考证，帖中书颇多“赝鼎”，是假的。我们不管这些，对它还是很有感情。我们用薄纸蒙在帖上，用铅笔来回磨蹭，把这些字“拓”下来带回家。有时翻出来看看，觉得字都很美。

盍簪堂后是一座木结构的楼，是文游台的主体建筑。楼颇宏大，东西两面都是大窗户。我读小学时每年“春游”都要上文游台，趴在两边窗台上看半天。东边是农田，碧绿的麦苗，油菜、蚕豆正在开花，很喜人。西边是人家，鳞次栉比。最西可看到运河堤上的杨柳，看到船帆在树头后面缓缓移动。缓缓移动的船帆叫我的心有点酸酸的，也甜甜的。

文游台的出名，是因为这是苏东坡、秦少游、王定国、孙莘老聚会的地方，他们在楼上饮酒、赋诗、倾谈、笑傲。实际上文游诸贤之中，最牵动高邮人心的是秦少游。苏东坡只是在高邮停留一个很短的时期。王定国不是高邮人。孙莘老不知道为什么给人一个很古板的印象，使人不大喜欢。文游台实际上是秦少游的台。

秦少游是高邮人的骄傲，高邮人对他有很深的感情，除了因为他是大才子，“国士无双”，词写得好，为人正派，关心人民生活（著过《蚕书》）……还因为他一生遭遇很不幸。他的官位不高，最高只做到“正字”，后半生一直在迁谪中度过。四十六岁“坐党籍”，改馆阁校勘，出为杭州通判。这一年由于御史刘拯给他打了小报告，说他增损《实录》，贬监处州酒税。叫一个才子去管酒税，真是令人啼笑皆非。四十八岁因为有人揭发他写佛书，削秩徙郴州。五十岁迁横州。五十一岁迁雷州。几乎每年都要调动一次，而且越调越远。后来朝廷下了赦令，廷臣多内徙，少游启程北归，至藤州，出游光华亭，索水欲饮，水至，笑视之而卒，终年五十三岁。

迁谪生活，难以为怀，少游晚年诗词颇多伤心语，但他还是很旷达，很看得开的，能于颠沛中得到苦趣。明陶宗仪《说郛》卷八十二：

> 秦观南迁，行次郴道遇雨，有老仆滕贵者，久在少游家，随以南行，管押行李在后，泥泞不能进，少游留道傍人家以俟，久之方盘跚策杖而至，视少游叹曰：“学士，学士！他们取了富贵，做了好官，不枉了恁地，自家做甚来陪奉他们！波波地打闲官，方落得甚声名！”怒而不饭。少游再三勉之，曰：“没奈何。”其人怒犹未已，曰：“可知是没奈何！”少游后见邓博文言之，大笑，且谓邓曰：“到京见诸公，不可不举似以发大笑也。”

我以为这是秦少游传记资料中写得最生动的一则。而且是可靠的。这样如闻其声的口语化的对白是伪造不来的。这也是白话文学史中很珍贵的资料，老仆、少游，都跃然纸上。我很希望中国的传记文学、历史题材的小说戏曲都能写成这样。然而可遇而不可求。现在的传记历史题材的小说，都空空廓廓，有事无人，而且注入许多“观点”，使人搔痒不着，吞蝇欲吐。历史电视连续剧则大多数是胡说八道！

东坡闻少游凶信，叹曰：“少游已矣，虽万人何赎”，呜呼哀哉。

一九九三年四月十九日

注释

原载《散文天地》一九九三年第五期。

一个暑假

我们家乡人要出一本韦鹤琴先生纪念册，来信嘱写一篇小序。我觉得这篇序由我来写不合适，我是韦先生受业弟子，弟子为老师的纪念册写序，有些僭妄，而且我和韦先生接触不多，对他的生平不了解，建议这篇序还是请邑中耆旧和韦先生熟识的来写，我只寄去一首小诗：

绿纱窗外树扶疏，
长夏蝉鸣课楷书，
指点桐城申义法，
江湖满地一纯儒。

诗后加了一个附注：

韦鹤琴

> 小学毕业之暑假，我在三姑父孙石君家从韦先生学。韦先生每日讲桐城派古文一篇，督临《多宝塔》一纸。我至今作文写字，实得力于先生之指授。忆我从学之时，已经六十年矣，而先生之声容态度，闲闲雅雅，犹在耳目。

关于这个附注，也还需要再作一点说明。我的三姑父——我们家乡对姑妈有一个奇怪的称呼，叫“摆摆”，姑父则叫“姑摆摆”，原是办教育的，他后来弃教从商，经营过水泵，造过酱醋，但他一直是个“儒商”，平日交往的还是以清白方正、有学问的教员居多。他对韦先生很敬佩，这年暑假就请他住到家里，教我的表弟和我。

“绿纱窗外树扶疏”是纪实。三姑父在生活上是个革新派。他们家是不供菩萨的，也没有祖宗牌位。堂屋正面的墙上挂着两副对子。一副我还记得：“谈禅不落三乘后，负耒还期十亩前”，好像就是韦先生写的。他家的门窗，都钉了绿色的铁纱，这在我们县里当时是少见的。因此各间屋里都没有苍蝇蚊子。而且绿纱沉沉，使人感到一片凉意。窗外是有一些树的。有一棵苹果树，这也是少见的。每年也结几个苹果，很小，而且酸。树上当然是有知了叫的。

三姑父家后面有一片很大的空地。有几个山东人看中了这片地，租下开了一个锅厂。锅厂有几个小伙计，除了眼睛、嘴唇，一天脸上都是黑的，煤烟熏的。他们老是用大榔头把生铁块砸碎，成天听到当啷当啷的声音。不过并不吵人。

我就在蝉鸣和砸铁声中读书写字。这个暑假我觉得过得特别的安静。

韦先生学问广博，但对桐城派似乎下的功夫尤其深。他教我的都是桐城派的古文，每天教一篇。我印象最深的是姚鼐的《登泰山记》、方苞的《左忠毅公逸事》、戴名世的《画网巾先生传》等等诸篇。《登泰山记》里的名句："苍山负雪，明烛天南，望晚日照城郭，汶水、徂徕如画，而半山居雾若带然"，我一直记得。尤其是"明烛天南"，我觉得写得真美，我第一次知道"烛"字可以当动词用。"居雾"的"居"字也下得极好。左光斗在狱中

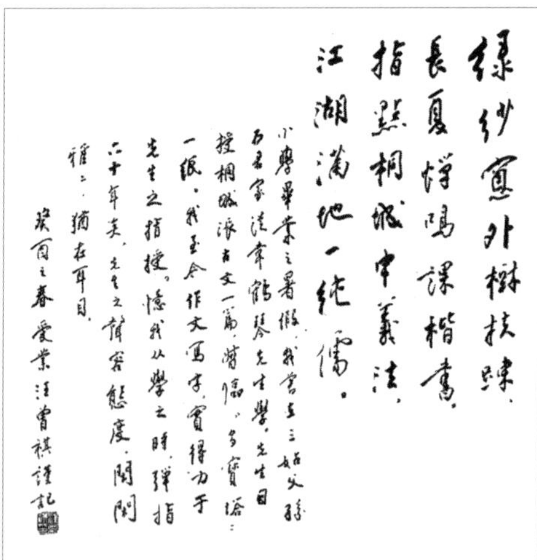

汪曾祺为韦鹤琴题词手迹

的表现实在感人："国家之事糜烂至此……不速去，无俟奸人构陷，吾今即扑杀汝！"这真是一条铁汉子。《画网巾先生传》写得浅了一点，但也不失为一篇立场鲜明的文章。刘大櫆、薛福成等人的文章，我也背过几篇。我一直认为"桐城义法"是有道理的，不能一概斥之为"谬种"。

韦先生是写魏碑的。我的祖父六十岁的寿序的字是韦先生写的（文为高北溟先生所撰），写在万年红纸上，字极端整，无一败笔。我后来看到一本影印的韦先生临的魏碑诸体的字帖，才知道韦先生把所有的北碑几乎都临过，难怪有这样深的功力。不过他为什么要我临《多宝塔》呢？最近看到韦先生的诗稿，明白了：韦先生的字的底子是颜字。诗稿是行楷，结体用笔实自《祭侄文》《争座位》出。写了两个月《多宝塔》，对我以后写字，是大有好处的。

我的小诗附注中说："我至今作文写字，实得力于先生之指授"，是诚实的话，非浮泛语。

暑假结束后，我读了初中，韦先生回家了，以后，我和韦先生再也没有见过面。

听说韦先生一直在家，很少进城。抗战时期，他拒绝出任伪职，终于家。

韦先生名子廉，鹤琴是别号。我怀疑"子廉"也是字，非本名。

一九九三年春

注释

原载《收获》一九九八年第一期。

看画

上初中的时候，每天放学回家，一路上只要有可以看看的画，我都要走过去看看。

中市口街东有一个画画的，叫张长之，年纪不大，才二十多岁，是个小胖子。小胖子很聪明。他没有学过画，他画画是看会的。画册、画报、裱画店里挂着的画，他看了一会儿就能默记在心。背临出来，大致不差。他的画不中不西，用色很鲜明，所以有人愿意买。他什么都画。人物、花卉、翎毛、草虫都画。只是不画山水。他不只是临摹，有时也“创作”。有一次他画了一个斗方，画一棵芭蕉，一只五彩大公鸡，挂在他的画室里（他的画室是敞开的）。这张画只能自己画着玩玩，买是不会有人买的，谁家会在家里挂一张“鸡巴图”？

他擅长的画体叫作“断简残篇”。一条旧碑帖的拓片（多半是汉隶或魏碑）、半张烧煳一角的宋版书的残页、一个裂了缝的扇面、一方端匋斋的印谱……七拼八凑，构成一个画面。画法近似“颖拓”，但是颖拓一般不画这种破破烂烂的东西。他画得很逼真，乍看像是剪贴在纸上的。这种画好像很“稚”，而且这种画只有他画，所以有人买。

这个家伙写信不贴邮票，信封上的邮票是他自己画的。

有一阵子，他每天骑了一匹大马在城里兜一圈，呱嗒呱嗒，神气得很。这马是一个营长的。城里只要驻兵，他很快就和军官混得很熟。办法很简单，每人送一套春宫。

一九四七年，我在上海先施公司二楼卖字画的陈列室看到四条“断简残篇”，一看署名，正是“张长之”！这家伙混得能到上海来卖画，真不简单。

北门里街东有一个专门画像的画工，此人名叫管又萍。走进他的画室，左边墙上挂着一幅非常醒目的朱元璋八分脸的半身画，高四尺，装在镜框里。朱洪武紫棠色脸，额头、颧骨、下巴，都很突出。这种面相，叫作“五岳朝天”。双眼奕奕，威风内敛，很像一个开国之君。朱皇帝头戴纱帽，着圆领团花织金大红龙袍。这张画不但皮肤、皱纹、眼神画得很“真”，纱帽、织金团龙，都画得极其工致。这张画大概是画工平生得意之作，他在画的一角用掺糅篆隶笔意的草书写了自己的名字：管又萍。若干年后，我才体会到管又萍的署名后面所挹注的画工的辛酸。画像的画工是从来不署名的。

若干年后，我才认识到管又萍是一个优秀的肖像画家，并认

尚有三年方七十，看花犹喜双眼明。
老生且读闲居赋，少小曾谙陋室铭。
弄笔偶成书四卷，浪游数得洛子程。
至今仍作儿时梦，自在飞腾遍体轻。
六十七岁生日 曾祺自寿

识到中国的肖像画有一套自成体系的肖像画理论和技法。

我的二伯父和我的生母的像都是管又萍画的。二伯父端坐在椅子上，穿着却是明朝的服装，头戴方巾，身着湖蓝色的斜领道袍。这可能是尊重二伯父的遗志，他是反满的。我没有见过二伯父，但是据说是画得很像的。我母亲去世时我才三岁，记不得她的样子，但我相信也是画得很像的，因为画得像我的姐姐，家里人说我姐姐长得很像我母亲。画工画像并不参照照片，是死人断气后，在床前直接勾描的。

然后还得起一个初稿。初稿只画出颜面，画在熟宣纸上，上面蒙了一张单宣，剪出一个椭圆形的洞，像主的面形从椭圆形的洞里露出。要请亲人家属来审查，提意见，胖了，瘦了，颧骨太高，眉毛离得远了……管又萍按照这些意见，修改之后，再请亲属看过，如无意见，即可完稿。然后再画衣服。

画像是要讲价的，讲的不是工钱，而是用多少朱砂，多少石绿，贴多少金箔。

为了给我的二伯母画像，管又萍到我家里和我的父亲谈了几次，所以我知道这些手续。

管又萍的“生意”是很好的，因为他画人很像，全县第一。

这是一个谦恭谨慎的人，说话小声，走路低头。

出北门，有一家卖画的。因为要下一个坡，而且这家的门总是关着，我没有进去看过。这家的特点是每年端午节前在门前柳树上拉两根绳子，挂出几十张钟馗。饮酒、醉眠、簪花、骑驴、仗剑叱鬼、从鸡笼里掏鸡、往胆瓶里插菖蒲、嫁妹、坐着山轿出巡……大概这家藏有不少种钟馗的画稿，每年只要照描一遍。钟馗在中国人物画里是个很有人性，很有幽默感的可爱的形象。我觉得美术出版社可以把历代画家画的钟馗收集起来出一本《钟馗画谱》，这将是一本非常有趣的画册。这不仅有美术意义，对了解中国文化也是很有意义的。

新巷口有一家“画匠店”，这是画画的作坊。所生产的主要是“家神菩萨”。家神菩萨是几个本不相干的家族的混合集体。最上一层是南海观音和善财龙女。当中是关云长和关平、周仓。下面是财神。他们画画是流水作业，“开脸”的是一个人，画衣纹的是另一个人，最后加彩贴金的又是一个人。开脸的是老画匠，做下手活的是小徒弟。画匠店七八个人同时做活，却听不到声音，原来学画匠的大都是哑巴。这不是什么艺术作品，但是也还值得看看。他们画得很熟练，不会有败笔。有些画法也使我得到启发。比如他们画衣纹是先用淡墨勾线，然后在必要的地方用较深的墨加几道，这样就有立体感，不是平面的，我在画匠店里常常能站着看一个小时。

这家画匠店还画“玻璃油画”。在玻璃的反面用油漆画福禄寿或老寿星。这种画是反过来画的，作画程序和正面画完全不同。比如画脸，是先画眉眼五官，后涂肉色；衣服先画图案，后涂底子。这种玻璃油画是做插屏用的。

我们县里有几家裱画店，我每一家都要走进去看看。但所裱的画很少好的。人家有古一点的好画都送到苏州去裱。本地裱工不行，只有一次在北市口的裱画店里看到一幅王匋民写的八尺长的对子，给我留下深刻的印象。我认为王匋民是我们县的第一画家。他的字也很有特点。我到现在还说不准他的字的来源，有章草，又有王铎、倪瓒。他用侧锋写那样大的草书对联，这种风格我还没有见过。

一九九三年六月一日

草巷口

过去，我们那里的民间常用燃料不是煤。除了炖鸡汤、熬药，也很少烧柴。平常煮饭、炒菜，都是烧草——烧芦柴。这种芦柴秆细而叶多，除了烧火，没有什么别的用处。草都是由乡下——主要是北乡用船运来，在大淖靠岸。要买草的，到岸边和草船上的人讲好价钱，卖草的即可把草用扁担挑了，送到这家，一担四捆，前两捆，后两捆，水桶粗细一捆，六七尺长。送到买草的人家，过了秤，直接送到堆草的屋里。给我们家过秤的是一个本家叔叔抡元二爷。他用一杆很大的秤约了分量，用一张草纸记上“苏州码子”。我是从抡元二爷的“草纸账”上才认识苏州码子的。现在大家都用阿拉伯数字，认识苏州码子的已经不多了。我们家后花园里有三间空屋，是堆草的。一次买草，数量很多，三间屋子装得满满的，可以烧很多时候。

从大淖往各家送草，都要经过一条巷子，因此这条巷子叫作草巷口。

草巷口在“东头街上”算是比较宽的巷子。像普通的巷子一样，是砖铺的——我们那里的街巷都是砖铺的，但有一点和别的巷子不同，是巷口嵌了一个相当大的旧麻石磨盘。这是为了省砖，废物利用，还是有别的什么原因，就不知道了。

磨盘的东边是一家油面店，西边是一个烟店。严格说，“草巷口”应该指的是油面店和烟店之间,即麻石磨盘所在处的“口”，但是大家把由此往北，直到大淖一带都叫作“草巷口”。

“油面店”，也叫“茶食店”，即卖糕点的铺子，店里所卖糕点也和别的茶食店差不多，无非是：兴化饼子、鸡蛋糕。兴化饼子带椒盐味，大概是从兴化传过来的；羊枣，也叫京果，分大小两种，小京果即北京的江米条，大京果似北京蓼花而稍小；八月十五前当然要做月饼；过年前做蜂糖糕，像一个锅盖，蜂糖糕是送礼用的；夏天早上做一种“潮糕”，米面蒸成，潮糕做成长长的一条，切开了一片一片是正方的，骨牌大小，但是切时断而不分，吃时一片一片揭开吃，潮糕有韧性，口感很好；夏天的下午做一种“酒香饼子”，发面，以糯米和面，烤熟，初出锅时酒香扑鼻。

吉陞的糕点多是零块地卖，如果买得多（是为了送礼的），则用苇篾编的“撇子”装好，一底一盖，中衬一张长方形的红纸，印黑字：

本店开设东大街草巷口坐北朝南惠顾诸君请认明吉陞字号庶不致误

源昌烟店主要是卖旱烟，也卖水烟——皮丝烟。皮丝烟中有一种，颜色是绿的，名曰“青条”，抽起来劲头很冲。一般烟店不卖这种烟。

源昌有一点和别家店铺不同。别的铺子过年初一到初五都不开门，破五以前是不做生意的。源昌却开了一半铺搭子门，靠东墙有一个卖“耍货”的摊子。可能卖耍货的和源昌老板是亲戚，所以留一块空地供他摆摊子。“耍货”即卖给小孩子的玩意儿：“捻捻转”“地嗡子”（陀螺）……卖得最多的是“洋泡”。一个薄薄橡皮做的小囊，上附小木嘴。吹气后就成了氢气球似的圆泡，撒手后，空气振动木嘴里的一个小哨，哇的一声。还卖一些小型的花炮，起火，“猫捉老鼠”……最便宜的是“滴滴金”——皮纸制成麦秆粗细的小管，填了一点硝药，点火后就会嗤嗤地喷出火星，故名“滴滴金”。

进巷口，过麻石磨盘，左手第一家是一家“茶炉子”。茶炉子是卖开水的，即上海人所说的“老虎灶”。店主名叫金大力。金大力只管挑水，烧茶炉子的是他的女人。茶炉子四角各有一口大汤罐，当中是火口，烧的是粗糠。一簸箕粗糠倒进火口，呼的一声，火头就蹿了上来，水马上呱呱地就开了。茶炉子卖水不收现钱，而是事前售出很多“茶筹子”——一个一个小竹片，上面用烙铁烙了字：“十文”“二十文”，来打开水的，交几个茶筹子就行。这大概是一种古制。

往前走两步，茶炉子斜对面，是一个澡堂子，不大。但是东街上只有这么一个澡堂子，这条街上要洗澡的只有上这家来。澡堂子在巷口往西的一面墙上钉了一个人字形小木棚，每晚在小棚下挂一个灯笼，算是澡堂的标志（不在澡堂的门口）。过年前在木棚下贴一条黄纸的告白，上写：

正月初六日早有菊花香水

那就是说初一到初五澡堂子是不开业的。

为什么是"菊花香水"而不是兰花香水、桂花香水？我在这家澡堂洗过多次澡，从来没有闻到过"菊花香水"味儿，倒是一进去，就闻到一股浓重的澡堂子味儿。这种澡堂子味道，是很多人愿意闻的。他们一闻这味道，就觉得：这才是洗澡！

有些人烫了澡（他们不怕烫，不烫不过瘾），还得擦背、捏脚、修脚，这叫"全大套"。还要叫小伙计去叫一碗虾子猪油葱花面来，三扒两口吃掉。然后咕咚咕咚喝一壶浓茶，脑袋一歪，酣然睡去。洗了"全大套"的澡，吃一碗滚烫的虾子汤面，来一觉，真是"快活似神仙"。

由澡堂往北，不几步，是一个卖香烛的小店。这家小店只有一间门面。除香烛纸祃之外，还卖"箱子"。苇秆为骨，外糊红纸，四角贴了"云头"。这是人家买去，内装纸钱，到冥祭时烧给亡魂的。小香烛店的老板（他也算是"老板"），人物猥琐，个儿矮小，而且是个"齉鼻子"，"齉"得非常厉害，说起话来瓮声瓮气，谁也听不清他说什么。他的媳妇可是一个很"刷括"（即干净利索）的小媳妇，她每天除了操持家务，做针线，就是糊"箱子"。一街的人都为这小媳妇感到很不平——嫁了这么个小矮个齉鼻子丈夫。但是她就是这样安安静静地过了好多年。

由香烛店往北走几步，就闻到一股骡粪的气味。这是一家碾坊。这家碾坊只有一头骡子（一般碾坊至少有两头骡子，轮流上套）。碾坊是个老碾坊。这头骡子也老了。看到这头老骡子低着脑袋吃力地拉着碾子，总叫人有些不忍心。骡子的颜色是豆沙色的，更显得没有精神。

碾坊斜对面有一排比较整齐高大的房子，是连万顺酱园的住家兼作坊。作坊主要制品是萝卜干。萝卜条揉盐之后，晾晒在门外的芦席上，过往行人，可以抓几个吃。新腌的萝卜干，味道很香。

再往北走，有几户人家。这几家的女人每天打芦席。她们盘腿坐着，压过的芦苇片在她们的手指间跳动着，延展着，一会儿的工夫就能织出一片。

再往北还零零落落有几户人家。这几户人家都是干什么的，我就不知道了，我很少到那边去。

注释

原载《雨花》一九九五年第一期。

三圣庵

祖父带我到三圣庵去，去看一个老和尚指南。

很少人知道三圣庵。

三圣庵在大淖西边。这是一片很荒凉的地方，长了一些野树和稀稀拉拉的芦苇，有一条似有若无的小路。

三圣庵是一个小庵，几间矮矮的砖房，没有大殿，只有一个佛堂，也没有装金的佛像。供案上有一尊不大的铜佛，一个青花香炉，清清爽爽，干干净净。

指南是个戒行严苦的高僧，他曾在香炉里烧掉两个食指，自号八指头陀。

他原来是善因寺的方丈。善因寺是全城

最大的佛寺，殿宇庄严，佛像高大。善因寺有很多庙产。指南早就退居——“退居”是佛教的说法，即离开方丈的位置，不再管事。接替他当善因寺的方丈的，是他的徒弟铁桥。指南退居后就住进三圣庵，和尘世完全隔绝了。

指南相貌清癯，神色恬静。

祖父和他说了一会儿话，——他们谈了一些什么，我已经没有印象，就告辞出庵了。

他的徒弟铁桥和指南可是完全不一样。他是一个风流和尚，相貌堂堂，双目有光。他会写字，会画画，字写石鼓文，画法吴昌硕，兼学任伯年，在我们县里可以说是数一数二。他曾在苏州一个庙里当过住持，作画题铁桥，有时题邓尉山僧。他所来往的都是高门名士。善因寺有素菜名厨，铁桥时常办斋宴客，所用的都是猴头、竹荪之类的名贵材料。很多人都知道，他有一个相好的女人。这个女人我见过，是个美人，岁数不大。铁桥和我的父亲是朋友。父亲年轻时刻过一套《陋室铭》印谱，就是铁桥题的签。父亲续娶，新房里挂的是一幅铁桥的画，泥金地，画的是桃花双燕，设色鲜艳，题的字是:“淡如仁兄嘉礼　弟铁桥敬贺”。父亲在新房里挂一幅和尚画的画，铁桥和俗家人称兄道弟，他们都真是不拘礼法。我有时到善因寺去玩，铁桥知道我是汪淡如的儿子，就领我到他的方丈里吃枣子栗子之类的东西。我的小说里所写的石桥，就是以铁桥作原型的。

高邮解放，铁桥被枪毙了，什么罪行，没有什么人知道。

前几年我回家乡，翻看旧县志，发现志载东乡有一条灌溉长渠，是铁桥出头修的。那么铁桥也还做过一点对家乡有益的事。

我不想对铁桥这个人做出评价。不过我倒觉得铁桥的字画如果能搜集得到，可以保存在县博物馆里。

由三圣庵想到善因寺，又由指南想到铁桥，我这篇文章真是信马由缰了。为什么要写这篇文章呢？我只是想说：和尚和和尚不一样，和尚有各式各样的和尚，正如人有各式各样的人。

我直到现在还不明白我的祖父为什么要带我到三圣庵，去看指南和尚。我想他只是想要一个孙子陪陪他，而我是他喜欢的孙子。

注释

原载《收获》一九九八年第一期。

阴城

草巷口往北，西边有一个短短的巷子。我的一个堂房叔叔住在这里。这位堂叔我们叫他小爷。他整天不出门，也不跟人来往，一个人在他的小书房里摆围棋谱，养鸟。他养过一只鹦鹉，这在我们那里是很少见的。我有时到小爷家去玩，去看那只鹦鹉。

小爷家对面有两户人家，是种菜的。

由小爷家门前往西，几步路，就是阴城了。

阴城原是一片古战场，韩世忠的兵曾经在这里驻过。有人捡到过一种有耳的陶壶，叫作“韩瓶”，据说是韩世忠的兵用的水壶，用韩瓶插梅花，能够结子。韩世忠曾在高邮驻守，但是没有在这里打过仗。韩世忠确曾

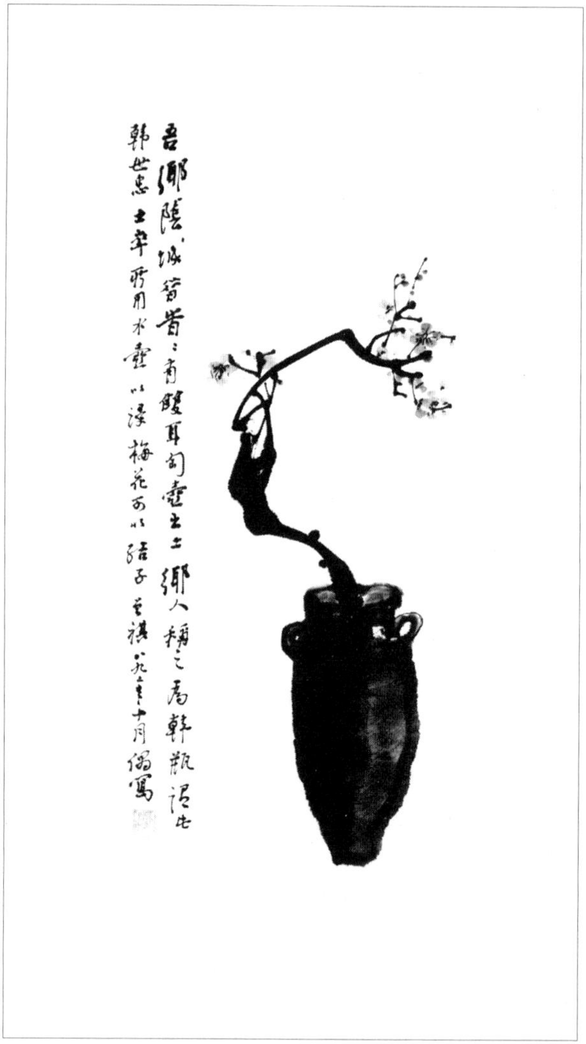

吾乡阴城昔有双耳陶壶出土，乡人称之为韩瓶，谓此韩世忠士卒所用水壶，以浸梅花可以结子。　曾祺八九年十月偶写

在高邮属境击败过金兵，但是在三垛，不在高邮城外。有人说韩瓶是韩信的兵用的水壶，似不可靠，韩信好像没有在高邮屯过兵。

看不到什么古战场的痕迹了，只是一片野地，许多乱葬的坟，因此叫作“阴城”。有一年地方政府要把地开出来种麦子，挖了一大片无主的坟，遍地是糟朽的薄皮棺材和白骨。麦子没有种成，阴城又成了一片野地，荒坟累累，杂草丛生。

我们到阴城去，逮蚂蚱，掏蛐蛐，更多的时候是去放风筝。

小时候放三尾子。这是最简单的风筝。北京叫屁股帘儿，有的地方叫瓦片。三根苇篾子扎成一个干字，糊上一张纸，四角贴“云子”，下面粘上三根纸条就得。

稍大一点，放酒坛子，篾架子扎成绍兴酒坛状，糊以白纸；红鼓，如鼓形；四老爷打面缸，红鼓上面留一截，露出四老爷的脑袋——一个戴纱帽的小丑；八角，两个四方的篾框，交错为八角；在八角的外边再套一个八角，即为套角，糊套角要点技术，因为两个八角之间要留出空隙。红双喜，那就更复杂了，一般孩子糊不了。以上的风筝都是平面的，下面要缀很长的麻绳的尾巴，这样上天才不会打滚。

风筝大都带弓。干蒲破开，把里面的瓤刮去，只剩一层皮。苇秆弯成弓。把蒲绷在弓的两头，缚在风筝额上，风筝上天，蒲弓受风，汪汪地响。

我已经好多年不放风筝了。北京的风筝和我家乡的，我小时糊过、放过的风筝不一样，没有酒坛子，没有套角，没有红鼓，没有四老爷打面缸。北京放的多是沙燕儿。我的家乡没有沙燕儿。

注释

原载《收获》一九九八年第一期。

何时一樽酒，重与细论文

建华的《全国获奖爱情短篇小说选评》编成，来信嘱我写一篇序。我认为，从新时期十年获全国奖的短篇小说中，挑选出一部分爱情题材的郑重地推荐给读者，并对这些作品从思想到艺术进行细致评述，这是件很有意义的事情。只是我对这些小说读得不全，故只能说一点不着边际的话，说一点我对评论的看法。如果能和建华的文集有一点关联，那就算歪打正着。

曾有搞评论的朋友问我对当前的评论有什么看法。我说主要缺点是缺乏个性。评论不能人云亦云，更不能看风使舵。评论家应该独具慧眼，有自己的创见。评论家应该有自己独到的看法，并有自己独创的说法，要能说出别人说不出的话来，即使片面一点，偏激一点，也比淡而无味的温暾水好。“评论”从某个意义来说，就是“发现”。徐悲鸿发现了齐白石，发现了泥人张。他把齐白石和泥人张都抬得很高。他说齐白石是一位大师（齐白石在当时名气还不太大），说泥人张是中国的米开朗琪罗。有人说他推崇得太过了。徐悲鸿说：“我对自己讲的话总是负责任的。”我很欣赏徐悲鸿的这种态度。“平生不解藏人善，到处逢人说项斯”，评论家应该有这样的热情。评论文章要能使读者感觉到评论家这个人，如见其人，如闻其声，这样才能使读者觉得亲切，受到感染。有些作家的作品可以不用署名，一看就知道这是某人写的。评论家能做到这样的似乎不多。这是很多人不爱读评论的一个重要原因。从建华的《选评》所选择的作品篇目看，他只选了十六篇作品，不是把所有获奖的爱情题材作品都搜罗进来，一视同仁，平等对待。而是宁缺毋滥，我以为这态度是好的。既有取舍，一定有个标准。这个标准不是“公认”，而是“慧眼”。自己觉得对哪些作品有话可说，于是去评定一下；有些作品尽管声誉很高，但觉得对它说不出什么新鲜的意思来，便落选了。这样，这本评论集是很可能有点个性的。

不知道从什么时候起，评论和鉴赏分了家了。我以为还是合起来好。大家都说现在的评论有一个模式，即上来先用相当多的篇幅谈作品的思想内容，当中谈一点艺术特点，最后指出作品的不足。其实何妨颠倒一下呢，先从作品塑造的形象入手，再来探索形象的思想内涵。记得李希凡同志写过一篇文章，提出评论也要有一点形象思维，我是很赞成的。恐怕不是需要有一点，而是首先要从形象接近乃至深挖这个作品。作者在形成作品的时候，一开头总是感性的，直觉的，在感情里首先活跃、鲜明起来的是形象。读者接受一个作品的时候，开头也总是感性的，直觉的，使他受感动的是形象。这样才能造成作者和读者之间的交流，完成全部创作过程。为什么我们的评论家总是那样理智，那样冷若冰霜，对着一篇作品，拿起手术刀来一刀就切到作品的思想呢？这种“唯理”的评论是不能感动人的。评论也要使人感动，不只是使人信服。至于“不足”，任何一篇作品都是能够指出不足之处来的，但是我觉得评论家指出作品的不足往往没有多大用处。评论家既不能自己动手，把这个作品改一改，把不足之处弥补起来；作家也未必肯采纳评论家的意见，照他的意见改写作品，即使评论家指出的不足是有道理的。我不是反对任何一篇评论指出作品的不足，但不赞成每一篇评论都有这样一个尾巴。篇篇如此，让人感到无非是为了四平八稳、面面俱到。我过去读建华的评论，尚无四平八稳、面面俱到之感，却能用朴实无华的文字，写出自己对作品进行认真揣摩后的具体感受，从而能给读者以有益的启示，这是建华的评论文字长处所在吧。

中国的评论大都只评作品，很少涉及作者。作品的风格和作者的个性是分不开的。布封说过：风格即人。如果在评论中画出一点作者的风貌，则评论家就会同时成为作者与读者的挚友，会使人感到亲切，增加对作品的理解。我曾读过萧伯纳写的一篇对一个著名摄影家的评论。几乎没有一句谈到此摄影家的作品，只是说他开了一家旧书店，有人去买一本书，他书店里没有，告诉买主，他要的那本书写得不好，他可以另外给他介绍两本同类的书，买主看了，很满意；他的旧书店里还卖文物，这都是他花了不多的钱搜集起来的，但是一经他品评，就会变得很名贵。这样，我们便知道此人的艺术趣味很高，至于他的摄影的不俗，就不言而喻了。我觉得这样写评论，是很聪明的写法。中国的评论家不太善于知人。我希望建华能多和作家交交朋友，这样，就可能用精练的笔墨勾画出作家的笑貌，并以印证他的作品。一个评论家也该学会一点小说家的本事。

最后一点，我觉得评论文章应该像一篇文章，就是说要讲究一点语言艺术，写得生动一点，漂亮一点。中国的评论似乎已经形成一种通用的文体，都有那么一股评论腔，说得不好听一点，就是八股气。评论家好像大都缺少幽默感。有的评论家在平常谈话时也还有风趣，到了写评论的时候，就正襟危坐，不苟言笑起来，如我们家乡所说的："俨乎其然"，"板板六十四"。我希望我们的评论家能够松弛一点，随便一点。晋朝人手挥麈尾，坐而谈玄。杜甫诗："何时一樽酒，重与细论文"，我以为那是蛮舒服的。中国的评论家文章写得活泼的，据我所知，有刘西渭（即李健吾）先生。建华不妨把他的《咀华集》和《咀华二集》找来看看。

建华是我的小同乡，都是高邮人。说起高邮，很多人只知道高邮出咸鸭蛋。上海卖咸鸭蛋的店铺里总要用一字条特别标明："高邮咸鸭蛋"。我们那里的咸鸭蛋确实很好，筷子一扎下去，吱——红油就会冒出来。不过敝处并不只是出咸鸭蛋，我们家乡还出过秦少游，出过研治训诂学的王氏父子，还有一位写散曲的王西楼，文风不可谓不盛。近些年也出了一些很有才华的文学中青年，建华是其中的一个。建华嘱我写序，我本着乡曲之见，写了上面这些，所言未必有当，随便谈谈而已。

一九八九年四月序于北京

注释

原载《文学自由谈》一九九一年第三期。

词曲的方言与官话

我的家乡，宋代出了个大词人秦观，明代出了个散曲大家王磐。我读他们的作品，有一点外乡人不大会有的兴趣，想看看他们的作品里有没有高邮话。结果是秦少游的词里有，王西楼的散曲里没有。

夏敬观《手批山谷词》谓："以市井语入词，始于柳耆卿，少游、山谷各有数篇。"今检《淮海居士长短句》，"以市井语入词"者似只三首。一首《满园花》，两首《品令》。《满园花》不知用的是什么地方的俚语，《品令》则大体上可以断定用的是高邮话。《品令》二首录如下：

一、幸自得。一分索强，教人难吃。好好地，恶了十来日。恰而今，较些不？

须管啜持教笑，又也何须胳织！衠倚赖，脸儿得人惜。放软顽，道不得！

二、掉又臞。天然个品格，于中压一。帘儿下，时把鞋儿踢。语低低、笑咭咭。

每每秦楼相见，见了无门怜惜。人前强，不欲相沾识。把不定，脸儿赤。

首先是这首词的用韵。刘师培《论文杂记》："宋人词多叶韵……（秦观《品令》用织、吃、日、不、惜为韵，则职、锡、质、物、陌五韵可通用矣）。"刘师培是把官修诗韵的概念套用到词上来了。"职、锡、质、物、陌"五韵大概到宋代已经分不清，无所谓"通用"。毛西河谓"词本无韵"，不是说不押韵，是说词本没有官定的，或具有权威的韵书，所押的只是"大致相近"的韵。张玉田谓："词以协律，当以口舌相调。"只要唱起来顺口，听起来顺耳，就行。《品令》所押的是入声韵，入声韵短促，调值相近，几乎可以归为一大类，很难区别。用今天的高邮话读《品令》，觉得很自然，没有一点别扭。

焦循《雕菰楼词话》："秦少游《品令》'掉又臞。天然个品格'，此正秦邮土音，今高邮人皆然也。"焦循是甘泉人，于高邮为邻县，所言当有据。其实不止这一个"个"字，凭直觉，我觉得这两首词通篇都是用高邮话写的。"胳织"旧注以为"即'胳膳'，意犹多曲折，不顺遂"，不可通。朱延庆君以为"胳织"即"胳肢"，今高邮人犹有读第二字为入声者，其说近是。"啜持"

是用甜言蜜语哄哄。整句意思是：说两句好听的话哄哄你，准能教你笑，也用不着賂肢你！这两首词皆以方言写艳情，似是写给同一个人的，这人是一个惯会撒娇使小性儿的妓女。《淮海居士长短句·附录二，秦观词年表》推测二词写于熙宁九年，这年少游二十八岁，在家乡闲居，时作冶游，所相与的妓女当也是高邮人。故以高邮方言写词状其娇痴，这也是很自然的。词的语句，虽如夏敬观所说："时移世易，语言变迁，后之阅者渐不能明"，很难逐句解释，但用今天的高邮话读起来，大体上还是能体味到它的情趣的，高邮人对这两首词会感到格外亲切。

少游有《醉乡春》，如下：

> 唤起一声人悄，衾冷梦寒窗晓。瘴雨过，海棠开，春色又添多少。
>
> 社瓮酿成微笑，半缺椰瓢共舀。觉倾倒，急投床，醉乡广大人间小。

此词是元符元年于横州作，用的是通行的官话，非高邮土音。但有一个字有点高邮话的痕迹："舀"。王本补遗按曰"地志作'酌'，出韵，误"。《词品》卷三："此词本集不载，见于地志。而修《一统志》者不识'舀'字，妄改可笑。"《雨村词话》："舀，音咬，以瓢取水也。"《词林纪事》卷六按："换头第二句'舀'字，《广韵》上声三十'小'部有此字，以治切，正与'悄'字押。"看来有不少人不认识这个字，但在高邮，这不是什么冷字。高邮人谓以器取水皆曰舀，不一定是用瓢。用一节竹筒旁安一长把，以取水，就叫作"水舀子"。用瓷勺取汤，也叫作"舀一勺汤”。这个字不是高邮所独有，但少游是高邮人，对这个字很熟悉，故能押得自然省力耳。

王磐写散曲，我一直觉得有些奇怪。在他以前和以后，都不曾听说高邮还有什么人写过散曲。一个高邮人，怎么会掌握这种北方的歌曲形式，熟悉北方语言呢？

《康熙扬州府志》云：“王磐，字鸿渐，高邮人……与金陵陈大声并为南曲之冠。”这“南曲”易为人误会。其实这里所说的“南曲”，是指南方的曲家。王磐所写，都是北曲。王骥德《曲律·论咏物》云“小令北调，王西楼最佳”。又《杂论》举当世之为北调者，谓“维扬则王山人西楼”。又云“客问词人之冠，余曰：于北词得一人，曰高邮王西楼”。任中敏校阅《王西楼乐府》后记：“观于此本内无一南曲。”

写北曲得用北方语言，押北方韵。王西楼对此极内行。如《久雪》：

> 乱飘来燕塞边，密洒向程门外，恰飞还梁苑去，又舞过灞桥来。攘攘皑皑，颠倒把乾坤碍，分明将造化埋。荡磨的红日无光，隈逼的青山失色。

“色”字有两读，一读 se，而在我们家乡是读入声的；一读 shai，上声，这是河北、山东语音，我的家乡没有这样的读音。然而王磐用的这个“色”字分明应该读（或唱）成 shai 的，否则就不押韵。王磐能用 shai 押韵，押得很稳，北曲的味道很浓，这是什么道理呢？是他对《中原音韵》翻得烂熟，还是他会说北方话，即官话？我看后一种可能更大一些，否则不会这样运用自如。然而王西楼似未到过北方，而且好像足迹未出高邮一步，他怎能说北方话？ 这又颇为奇怪。有一种可能是当时官话已在全国流行，高邮人也能操北语了。我很难想象这位“构楼于城西僻地，坐卧其间”的王老先生说的是怎样的一口官话。

一九八九年十一月二十七日

注释

原载《中国文化》一九九〇年第二期。

《高邮风物》序

“秦邮八景”我到现在还数不全。神居山在湖西，我竟未去过。“鹿井丹泉”我连在哪里都不知道，只是听说过这个名目。八景里我最熟悉的是文游台，实实在在觉得这是一“景”的，也是文游台。文游台离我家很近，步行十分钟即可到。我们上小学的时候，每年春游都是上文游台。正月里到泰山庙看戏，也要顺便上文游台去逛逛。文游台真不错。因为地势高，眼界空阔，可以看得很远。印象最深的是西面运河里的船帆由绿树梢头轻轻移过。再就是台边种了很多蚕豆，开着浅紫色的繁花。文游台前面是泰山庙。传说泰山庙大殿的屋顶上是不积雪的。因为大殿下面是一个很大的獾子洞，獾子用毛擀成了一片獾毡，和殿基一般大小，獾毡热气上升，所以雪下不到屋顶就化了。有人把獾毡盗走了，泰山庙的屋顶就照样积雪了。

高邮的八景我觉得有两个特点。一个是多半和水有关。我的家乡是一个泽国，这是很自然的。“甓射珠光”“耿庙神灯”“邗沟烟柳”都是由水得景。镇国寺塔原来在西门外运河岸边。运河拓宽，塔在河中的洲上了，跟运河的关系就更密切了。第二是不少景都有点浪漫主义色彩，有点神秘的味道。“神山爽气”，只是一股气，真不好捉摸。爽气是什么样的气呢？缥缈得很。甓射湖珠大概宋朝以前就很有名。沈括的《梦溪笔谈》里有详细的记载。沈括是个有科学头脑的严肃的学者，所记必有所据，他把这颗神珠写得很美，而且使人有恐怖感。这到底是什么东西呢？有人怀疑这是外星人发射来的飞碟一类的东西，这只是猜测。甓射湖中已无珠，然而明灿的珠光长存在人们的想象之中。我觉得“耿庙神灯”是一个美丽的传说。我小时候好像七公殿还在。民国二十年发大水之前有许多预象，人们的迷信思想抬头，想象力也特别活跃，纷纷传说七公老爷显了圣，说是在苍茫云水之间看到神灯了。其实谁也没有看到。正因为没有人看到过，所以越加相信神灯是有的。

八景里我不喜欢的是“露筋晓月”。关于露筋祠的传说，欧阳修就怀疑过，认为这是不可能的事，不近情理。人怎么能被蚊子咬得露了筋而死去呢？她怎么也能想一点办法，至少可以用手拍打拍打。而且蚊子只吸人血，没有听说连人肉也吃的。这是一个出于残酷的贞洁观念而编造出来的故事。王渔洋露筋祠诗“门外野风开白莲”写得很凄清，就没有一笔涉及露筋而死的惨剧。我并不认为要把这一景从八景中开除，只是觉得在介绍传说时要加以批判。

高邮可能会成为运河线上的一个旅游点，所有的景都需要收拾收拾，文游台最好在原有基础上整建。除了房屋的营造要有点宋代风格，室内装饰也要注意，听说现在刻制了一些楹联，希望朴素一些，不要搞得金碧辉煌。主楼内的家具陈设也要搞得讲究一些。在高邮找一堂红木几案坐榻、旧瓷器、大理石插屏、多宝格……都还是找得出来的。镇国寺塔要维修，现在相当残破了。另外，要多植花木。文游台前宜植罗汉松、柽柳、玉兰（不要广玉兰）、紫白丁香、西府海棠。镇国寺塔的地势很好，洲上现在种的树杂乱无章，且多是槐、榆之类，这个小洲似可辟为果树园，种桃、种杏、种梨，春华秋实，这样坐在运河的船上望之如锦绣，使过客很想泊舟到洲上喝一杯茶，吃几块界首茶干。“邗沟烟柳”本不是一个固定的地界，但可选一个合适的地段，移栽大量的垂柳，柳丛中可安置几个牛车篷式的草顶的大亭子，卖酒，卖起水旋煮的缩项鳊、翘嘴白。有些可以想象、无法目睹的景，如“甓射珠光”“耿庙神灯”，可以选一地点，立一碑石。石质要好，文宜雅洁，字要端秀，——不要那种带霸悍之气的“将军体”。

高邮的风味食物，有名的是双黄鸭蛋和大麻鸭。双黄蛋容易变质。我从家乡几次带了一些双黄鸭蛋准备送人，结果都坏了。家乡人应研究一下稍可久贮的腌制方法。大麻鸭是名种，但高邮人似乎并不太会做鸭。我建议高邮派定一二厨师到外地“留留学”，专门在做鸭菜上下一点功夫，学会做口蘑炖鸭、虫草炖鸭、八宝鸭（腔内填糯米及香菇、虾仁、火腿清蒸）、香酥鸭……高邮人不善做盐水鸭，应该到南京学学，不难的。高邮原来有厨师会做叉子烤鸭的，现在好像失传了。高邮既以产鸭著名，应该能像淮安人做得出全鳝席一样做得出全鸭席。

朱延庆同志编了一本《高邮风物》，嘱我为序。延庆治学谨严，文笔清丽，此书必有可观，乃乐为之序。

一九八七年春节大年初一中午

注释

原载《雨花》一九八七年第十一期。

高邮中学

红亭紫竹觅遗踪，

此是当年赞化宫。

绛帐风流今胜昔，

一堂济济坐春风。

编后记

我接手主编这套丛书的时候，有几分惶恐，有几分欣慰。惶恐的是怕汪迷嗤之以鼻，谓自身几斤几两皆不知，还能充当主编。欣慰的是，我虽从未走出高邮，但因一直守望乡土，拥有许多文友的呵护与支持，拥有父母官和汪老家人的关注和信任。我便有了特殊的自信，自踏入文艺界三十多年来，常常心想事成，要干的事总能干成干好。

高邮赵德清君，并非我的学生，他却以师相待。近年，他开设了“汪迷部落”微信公众号，分设出“文化旅游”“美食”“影视音乐书画”三个专题群，高邮“汪迷群”与上海、北京、扬州等地十多个“汪迷群”、文学文艺爱好者群建立了联系，在网络世界里，世界各地的汪曾祺文学爱好者的相互交流日益加强，“汪迷部落”二〇一九年十一月二十六日关注量达一万四千二百三十九人次。

在此书付梓之际，我由衷感谢出版社领导和编辑的认可及调整。为编此书，数月来，重温汪老的各类作品，反复揣摩，从中选取经典之作。我虽已届耄耋之年，体弱多病，但愿意接受这一劳心费力的挑战，善始善终地完成这“玩命”（家人语，你忙得要书不要命）的工作，要一“玩”到底。我也诚心欢迎广大读者指正，如此幸甚！

陈其昌

二〇一九年十二月六日

图书在版编目（CIP）数据
耳目所接皆是水 / 汪曾祺著．—南京：译林出版社，2020.7
（汪曾祺经典）
ISBN 978-7-5447-8161-9

I. ①耳… II. ①汪… III. ①中国文学－当代文学－作品综合集
IV. ①I217.2

中国版本图书馆CIP数据核字（2020）第029816号

耳目所接皆是水　汪曾祺／著

责任编辑　王兰英
特约编辑　杜姗珊
装帧设计　鹏飞艺术
校　　对　刘文硕
责任印制　贺　伟

出版发行　译林出版社
地　　址　南京市湖南路1号A楼
邮　　箱　yilin@yilin.com
网　　址　www.yilin.com
市场热线　010-85376701
排　　版　鹏飞艺术
印　　刷　山东临沂新华印刷物流集团有限责任公司
开　　本　960毫米×640毫米　1/16
印　　张　13.5
版　　次　2020年7月第1版　2020年7月第1次印刷
书　　号　ISBN 978-7-5447-8161-9
定　　价　39.80元